小烏神社奇譚

篠 綾子

幻冬舎時代小説文庫

猫戯(ねこじゃ)らし

小鳥神社奇譚

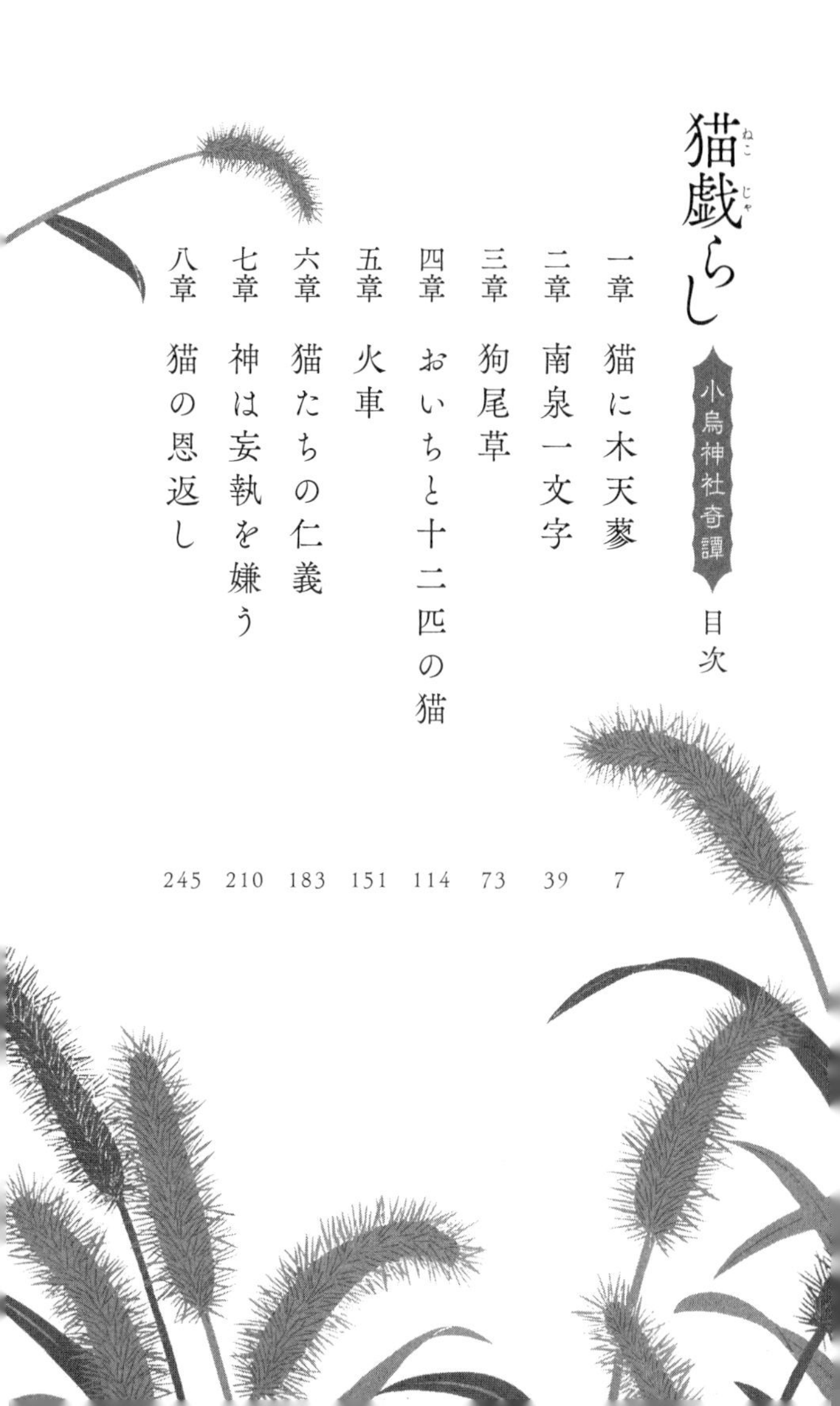

猫戯（ねこじゃ）らし

小烏神社奇譚

目次

一章　猫に木天蓼

一

七夕を過ぎると、まだ夏の名残はあるものの、風の音や土のにおいなど、そこかしこに秋の気配が感じられる。

「うーん、空が高いなあ」

小烏神社へやって来た医者、立花泰山は薬草畑の前で大きく伸びをした。背負った薬箱の中身がかたかたと音を立てる。近くの木の枝にとまっていたカラスが、気の抜けた声でカアと鳴いた。

「おお、いつも神社にいるカラスだな」

泰山が木の枝を見上げて語りかけると、カラスはガアガアと濁った声で鳴く。

「何だか、侮られているようだが、まあ、気のせいか」

泰山は首をひねりながら、薬箱を下ろし、庭に面した縁側の隅に置いた。

「竜晴(りゅうせい)、邪魔するぞ」

障子で遮(さえぎ)られた向こう側へ、声をかける。この神社の宮司(ぐうじ)、賀茂(かも)竜晴から庭の畑いじりの許しは得ていたし、勝手次第と言われているから、挨拶(あいさつ)の必要はない。また、相手は姿を見せることはおろか、返事さえしないことがあるのだから、何も泰山だけが律儀(りちぎ)に声をかけなくともよいのである。

とはいえ、人の敷地に入って挨拶しないのも、泰山としては落ち着かない。竜晴の返事は期待せず、泰山はすぐに井戸端へ回ろうとした。ところが、この日はすっと障子が開いた。

「おお、竜晴。変わりなさそうだな」

医者の性(さが)というものか、常に相手の顔色の良し悪しが気にかかる。とはいえ、竜晴の顔色がふだんと違ったことは一度もないのだが……。

「お前はどうも様子が違うぞ」

竜晴は泰山を見据えて言った。思いもかけぬ相手の切り返しに、「えっ」と声を上げて、泰山は顔に手をやる。顔色が悪く映ったのかと思ったのだ。その内心を読

んだかのように、

「お前の顔色はふつうだ」

と、竜晴は告げた。続けて、

「違うのはにおいだ」

と、言う。縁側を挟んで屋内に立つ竜晴と、庭先に立つ泰山では、一間（約一・八メートル）ほど離れていた。よほど強いにおいを発しているならともかく、こんなことを言われる覚えは――。

（まさか、あれか）

泰山はようやく思い当たった。薬箱の中には「あれ」が入っている。そもそも、「あれ」にしたところで常人がすぐに気づくようなにおいではないと思うが、目の前の友人が常人離れしているのはよく知るところであった。

「そうそう。後できちんと話そうと思っていたのだ。実は、今日はあるものを持参していてな」

そう言いながら、泰山は薬箱に近付いた。

「出かける前、あれをいじっていたから、私の手や着物にもあれのにおいがついてしまったかもしれん。とはいえ、手は洗ってきたし、人に気づかれるとは思っていなかったが」

「だが、猫は寄ってきただろう」

「ああ、まあ、猫はな」

と、何の気なしに応じた泰山は、まだ例の「あれ」を薬箱から取り出していないことに気づき、竜晴をまじまじと見つめた。

「お前、何か分かっているのか」

「木天蓼（またたび）だろう」

と、竜晴は表情も変えずに答えた。木天蓼は甘い花のようなにおいがして、猫ほどではないが、人でも嗅（か）ぎ分けることができる。もっとも、今のように薬箱の中に入ったままの木天蓼を嗅ぎ分けるなど、ふつうにできることではない。

「ただの実もあるようだが、こぶもあるようだ。こぶになったものはよい薬となるのだろう?」

「あ、ああ。その通りだ」

泰山は気の抜けた声で答え、薬箱から木天蓼の実と蔓状の茎（くき）を取り出した。

木天蓼は夏に梅のような白い花を咲かせ、「夏梅（なつうめ）」とも呼ばれる。やがて青い実がつき、熟すと黄色くなり、これはふつうに食べられていた。また、塩漬けや酒漬けにして味わうこともある。

ただし、蕾（つぼみ）のうちに虫が寄生したものは、こぶのような形の実をつけるのだが、生薬（しょうやく）として使うのはこのこぶになったものだ。鎮痛の効能があり、冷え性にも効く。ふつうの実にも効き目はあるが、こぶの実の方が効能が高い。

「ふうむ。このこぶはなかなか立派なものだ。お前の家で穫（と）れたのか」

泰山が袋から取り出した木天蓼の実を見て、竜晴は訊（き）いた。

「いや、私の家に木天蓼の木はない。これは、患者さんのお宅から分けていただいたものだ」

「ふむ。しかし、これはまだ天日干（てんぴぼ）しにしていないな。生薬にするなら天日干しにしなければならないのだろう」

「それなんだよ」

泰山は勢い込んで言った。

「私の家では、天日干ししたくともできないのだ」

「どういう理屈だ」

「先ほどお前が言ったように、木天蓼は猫を寄せ付ける。実は、私の家には猫が何匹か出入りしていてな」

「お前、猫を飼っていたのか」

「いや、飼っているわけじゃないんだが……」

泰山は一度口を閉ざした。この友の前で、できれば言わずに済ませたいところだが、それを説明しなければ、この先の頼みごとができなくなる。

「前に話しただろう。近頃は金持ちの患者さんとめぐり合わせ、私の懐も少し楽になったので、夕餉の残り物などを野良猫に分けてやっていたのだ」

「確か、春の頃は、自分が食べるのもままならぬありさまだったと思うが……」

やはり、そう返してきたか。大真面目に指摘されると恥ずかしくなり、泰山は竜晴から目をそらした。

「それを言ってくれるな。ひもじさを知るからこそ、腹ぺこの猫どもを無視することができなかったのだ」

「なるほど。お前らしい理屈だ」

竜晴はひどく納得した様子で言う。他の人が言えば嫌みになるのだろうが、竜晴の言葉に限ってそうはならない。

「お前は木天蓼について、きちんと話すつもりだったと言った。つまり、この木天蓼を私のところで天日干しにしてほしいと言いたかったのか」

竜晴が先回りして訊いてくれたので、泰山はほっとして顔を上げた。

「察しがよくて助かる。もちろん、お前に雑用を頼むつもりはない。場所を貸してもらえればそれでいいのだ。もっとも、急な雨降りの時には、室内へ取り込んでもらえればありがたいが……」

躊躇いがちに言うと、竜晴は「そのくらいのことはかまわない」と淡々と答えた。

「ならば頼む。外から猫が寄ってきていじらぬよう、粗目に編んだざるをかぶせておくし、それも今日のうちには用意するから」

泰山が頭を下げて頼むと、竜晴は「いいだろう」と答えた。

「ざるなどなくとも、猫を寄せ付けぬことはできるが、まあ、お前の気休めになるなら好きにすればいい」

竜晴の言葉には、時折、泰山にとってわけの分からぬ箇所がある。仕切りのようなもので木天蓼を覆う以外に、木天蓼に猫を寄せ付けぬどんな方法があるというのだろう。

呪力（じゅりょく）でも用いるのかと疑問がよぎっていったが、それを説明されたところで、自分には理解できぬことだと考え、泰山は尋ねるのをやめた。

聞けば、覆いのざるも神社のものを使ってよいというので、今日は天気もよいことだし、さっそく縁側で木天蓼を天日干しにさせてもらうことにする。

その準備を泰山がしている間、竜晴は縁側の近くに座っていた。特に手伝いを申し出るでもなく、泰山の様子を見ているだけなのだが、不思議とそれが自然である。

そのうち、

「ところで、木天蓼が猫以外のものを寄せ付けることはないだろうか」

ふと思い出したという様子で、竜晴が尋ねてきた。

「猫以外というと……？」

「たとえば、狐（きつね）とかカラスとか蛇とか……」

どういう取り合わせなのだろうと、泰山は首をかしげた。確かに、カラスと蛇はこの神社で見かけたことがあるが、狐とは……？

「ああ、そういえば、この神社で狐火を見たことがあったな。また、狐がやって来ることをお前は心配しているのか」

　泰山は合点して言うと、

「基本、木天蓼は猫とそれに類するものを寄せ付けると聞く。狐もカラスも蛇も猫の仲間ではないから、大事ないだろう」

と、続けた。猫に類するものとして泰山が知っているのは、虎くらいである。それにしたところで、本物を見たことはない。

「怪異の類も加えるのなら、猫またという厄介なものがいるが、木天蓼に弱いと聞いたことはないな」

　竜晴の言葉は、ふつうの人の会話からは微妙にそれている。木天蓼に弱い生き物の話から、化け猫を思いつく者はそう多くあるまい。

「猫またとは、長く生きた猫が山奥などで化け猫になったというものだったか」

「そうだ。中には何十年と生きたものもいる。墓を荒らす火車も化け猫の類だ」

　などと言っているうち、泰山は持参した木天蓼のこぶと茎とを縁側に並べ、ざるをかぶせて、天日干しの準備を終えた。茎は湯船に入れるための薬用剤として用いることができる。

　その後、泰山はいつものように、薬草畑の具合を確かめ、水やりをしてから、

「では、夕方にまた寄らせてもらう」

　と、言った。夏の間、雨が少なかったことから、朝晩の二回、水やりに立ち寄るようになっていたのだが、今はそれが日課のようになっている。

「分かった」

　と、竜晴は当たり前のように応じたが、その時になって「そういえば」と泰山は呟いた。

「先ほどの化け猫の話に、墓を荒らすものがいたな」

　確かめると、竜晴は「ああ」とうなずいた。

「その化け猫は、専ら（もっぱら）墓荒らしだけをするのか」

「そうだな。葬儀の際に悪さをするという話もあるが、亡骸（なきがら）を喰らうというような話が多い」

「ひどい化け猫だな」

　と、つい言ったものの、よい化け猫などいるはずがないかと、泰山は思い直した。

「化け猫がどうかしたのか」

「いや、化け猫とは関わりないだろうが、近頃、墓荒らしがあったらしい」

と、泰山は数日前、患者宅で聞いた話を竜晴に伝えた。

「化け物が出たとは聞いていないが、何ものの仕業であれ、気持ちのいい話じゃない」

泰山は顔をしかめて言ったが、竜晴は考え込むような顔つきになった。

「墓荒らしか。墓に何か貴重な品でも入れたのだろうか」

「そうかもしれない。死人に着せるのは死に装束だが、中にはその上から故人の気に入っていた豪華な着物をかぶせる遺族もいるだろうしな」

どこの墓で起きたことか聞いているのかと竜晴から問われ、泰山は記憶を探ったが、思い出せなかった。

「聞いたかもしれぬが、覚えていない。お前が知りたいのなら確かめておこう」

泰山はそう請け合うと、薬箱を背負い直し、小鳥神社を後にした。それを待ちかねたように、樹上のカラスが縁側に舞い降り、縁の下から白蛇が這い出してきたのに、気づくことはなかった。

二

カラスと白蛇——この小烏神社に住まう刀の付喪神(つくもがみ)、小烏丸(こがらすまる)と抜丸(ぬけまる)は競い合うように竜晴のもとへと迫っていた。相手に先んじて竜晴に話しかけるのだと、両者ともに意気込んでいる。と、そこへ、

「宮司さま、麦湯をお持ちいたしました。お客さまの分もあります」

と、横から話しかけてきた者がいて、竜晴はそちらへ目を向けた。名を玉水(たまみず)といい、七つか八つくらいの子供で、竜晴に仕えている。人の姿をしてはいるが、その正体は「気狐(きこ)」と呼ばれる狐の心霊であった。男女の見分けはつきにくいものの、当人曰(いわ)く雄(お)の狐ということである。

「ああ、少し遅かったな。泰山はもう帰ってしまったよ」

竜晴は玉水に告げた。

「そうなんですか。お湯を沸かすのに手間取ってしまって……」

玉水が残念そうに呟(つぶや)くと、「まったく、これだからお前は未熟者だというんだ」

と、白蛇の抜丸が押しかぶせるように言った。

「医者先生がやって来る時刻は大体決まっているのだから、前もって支度しておかないでどうする」

「え、そうなんですか。でも、時刻ってどうやって計るんですか」

玉水は不思議そうに訊いた。

「そんなものは、時の鐘を聞いて、大体のところを己(おのれ)で推測するのだ。または、日の高さや地面に映る影の長さなど、さまざまな計り方があるだろうに」

「そうなんですか。初めて知りました」

玉水はひどく感心した様子で言うと、竜晴に湯呑(ゆの)みの一つを差し出した。その湯呑みからは、あり得ないほどの湯気が立っている。

「玉水よ。おぬし、そんな熱湯を竜晴さまにお出しするなど……」

と、抜丸は慌(あわ)てた様子で言い出した。

「まあまあ。私なら大丈夫だ」

竜晴は落ち着いた声で言い、湯呑みを受け取った。もはや白い湯気は立っておらず、飲んでも火傷(やけど)しないほどの温さのはずだ。

「気を調えられたのでございますね」

納得した様子で、抜丸が応じた。竜晴は生き物であろうと、命の宿らぬ「もの」であろうと、その気を操ることができる。部屋の寒暖を調えることもできれば、こうして湯水の温度を調えることもできるのだ。

熱湯をそのまま運んできた玉水の不始末なわけだが、当人はいたって呑気なもので、竜晴と抜丸の会話の意図を深く考えてみる気振りもない。それどころか、泰山に出すはずだった方の湯吞みをひょいと無造作に持ち上げた。

「あ、玉水。よせ」

と、小烏丸が声をかけた時にはすでに遅く、玉水は竜晴が調整していない熱々の麦湯を口の中に入れていた。

「あつっ……」

悲鳴を上げた玉水を、小烏丸はやれやれという目で見つめ、抜丸は自業自得だと冷めた目で見ている。

「熱すぎる湯を飲めば、舌を火傷する。前世において人として暮らした際、お前も学んだのだろうが、長すぎる歳月を経て忘れてしまったのだろう。しかし、この神社で暮らす以上、覚えたり思い出したりしなければならないことがたくさんある。失敗も痛い目を見るのもすべて、己のためと思うことだ」

竜晴の言葉を真剣に聞いていた玉水は、最後に「ひゃい」と真面目に答えた。

「ところで、竜晴。この木天蓼は放っておいて大丈夫なのか。あの医者先生は猫が寄ってくると言っていたが……」

小烏丸が天日干しされた木天蓼に、興味津々という目を向けて訊くと、今度は抜丸が負けじと口を開いた。

「私も心配です。かつて木天蓼のにおいに酔った猫を見たことがございますが、まあ、ひどいものでございました。中には、そこら中を踊り回っているうちに、立てかけてあった刀に斬られ、真っ二つになってしまった猫もおりましたので」

「ええっ、猫が真っ二ちゅ？」

玉水がまた新たな悲鳴を上げて、その場は騒々しいものとなる。

「お前たち、まずは落ち着くがいい」

竜晴は間に割って入った。

「確かに、猫は木天蓼のにおいに気づけば引き寄せられてくるだろう。しかし、においをそもそも神社の外に出さなければ、寄ってくるはずもない。また、この木天蓼から水の気を抜き去ることもできる。もっとも、そこまですれば、泰山から不審がられるので、するつもりはないが」

「さすがは竜晴さま。賢いご判断と存じます」

抜丸がすかさず言った。

「なるほど。確かに竜晴ならば造作もないことであった」

と、今度は小烏丸が負けん気を剝き出しにして言う。

「まあ、ふつうの猫にしろ猫またや火車にしろ、神社への立ち入りを許すつもりはない。ただ、お前たちは何ともないのだな。木天蓼が猫以外の生き物にどう作用するか、私もよくは知らないが」

「ご心配くださり、ありがとうございます。私は何ともありませんし、愚かなカラスめがどうなろうと知ったことではありません。玉水については、私がよくよく見張っておきましょう」

抜丸が滔々と答え、「何が愚かなカラスだ」と小烏丸が反撥する。玉水は木天蓼に顔を近付け、鼻をふんふんとうごめかしていたが、様子に変化は見られないから大事ないだろう。

「まあ、お前たちはそもそも蛇でもカラスでもふつうの狐でもないのだから、大事なかろうが……」

と、竜晴が呟くのも気づかぬ様子で、付喪神たちは言い争っていたのだが、それから間もなくぴたっと騒ぎが収まった。竜晴と付喪神たちは玄関口の方へ意識を集中し、玉水だけが何が起きたものやら様子がつかめず、戸惑った表情を見せている。

「客人だな」

竜晴は小烏丸と抜丸に、庭先に身を潜めているように命じ、自ら立ち上がって玄関口へと回った。

「お客しゃまが来たんでしゅか」

わけが分からぬまま、玉水が後についてくるが、このしゃべり方では事態を混乱させるだけだ。

「お前は居間に残って、先ほどの湯呑みを片付けておきなさい」

そう言って玉水を引き取らせ、竜晴は一人で玄関へと向かう。

「小烏神社の宮司殿。おいでてござるかな。寛永寺(かんえいじ)より参った田辺(たなべ)でござる」

竜晴が玄関口へ達した時、戸の向こうから挨拶の声がした。竜晴は戸を開け、

「これは、田辺殿。ご苦労さまです。大僧正（だいそうじょう）さまのお呼び出しでございますか」

と、問うた。

「いつもながら、早々のお出迎え、痛み入る」

と、田辺は頭を下げた。小烏神社を訪ねる度、待ち構えていたとしか思えぬ早さで、戸が開けられることに、驚きと不審を抱いていたようだが、近頃では何とも思わなくなったらしい。

「おっしゃる通り、大僧正さまが宮司殿をお呼びでござる。差し支えなければ、それがしと同道していただきたいのでござるが」

「分かりました。支度をしてまいりますゆえ、少しばかりお待ちを」

竜晴の方もまた、突然の呼び出しにはもう慣れている。

寛永寺の住職たる天海（てんかい）大僧正とは、この江戸を脅（おびや）かすかもしれぬ怪異を前に、何度か共に戦った間柄だ。江戸の地を守らんとする天海のため、求められれば力を貸すという約束もしていた。

竜晴は居間へ戻ると、待ち構えていた付喪神たちに供をするようにと告げ、二（ふた）

柱（はしら）の姿を人型へ変えた。少年となった二柱の姿は、ふつうの人の目には見えなくなる。同じ人型をしていても、人の目にきちんと映る玉水との大きな違いだ。

玉水にはしっかり留守番しているようにと言い置き、竜晴は小烏丸と抜丸を連れて外に出た。本殿の近くで待っていた田辺と合流し、上野の山へと向かう。

「そういえば、宮司殿はお弟子を一人お持ちになったと聞きましたが……」

道すがら田辺が尋ねてきた。玉水は二尾（にび）とも九尾（きゅうび）とも言われる化け狐に襲われた際、竜晴に助けられた縁により、小烏神社に居つくことになったのだが、その戦いには天海も参加しており、経緯（いきさつ）もくわしく知っている。

田辺はそのことを天海から聞いたのであろう。もっとも、玉水の正体については知らされていないだろうから、そこは話を合わせ、

「はい。七、八歳ばかりの子供なのですが、今は留守番をさせています」

とだけ答えた。

「いずれは神職になることを目指している子なのでござろうか」

「さて。あの子の親代わりの方からは、そうは聞いておりませんが」

玉水の親代わりとは、竜晴に玉水を託した四谷（よつや）の稲荷社（いなりしゃ）に鎮座する宇迦御魂（うかのみたま）なの

であるが、もちろんそのことも田辺に明かすわけにはいかない。

「しかし、こうして宮司殿が外出をする時の供も必要でござろう。やはりもうお一人、弟子は必要でござるな」

小烏丸と抜丸の姿が見えぬ田辺は竜晴にそう勧める。

「何を言うか。竜晴の供はこうしてこの小烏丸さまがしかと果たしている」

「自分一人だけ務めを果たしているような物言いをするな。役立たずのカラスめが。分を弁えるがいい」

小烏丸と抜丸が後ろから勝手な口を挟んでくるが、田辺の耳には届かない。

そんなやり取りをしながら進むうち、一行は寛永寺へと無事に到着した。門をくぐったところで田辺と別れ、勝手知ったる庫裏へと進む。

「これは、小烏神社の宮司さま」

と、顔見知りの小僧に案内され、竜晴は天海のもとへと向かった。

「伊勢さまもお見えでございます」

小僧の言葉に、竜晴は黙ってうなずいたが、その後ろでは小烏丸が「ん？」と反応した。

かつて小烏丸は抜丸と同様、平家一門の所有する刀であったと伝えられる。抜丸の本体は小烏神社にあるが、小烏丸の本体は行方知れずであった。本体と切り離されて存在する付喪神の小烏丸は、かつての記憶を失くしている。その小烏丸にとって、傍流とはいえ平家一門の子孫である伊勢貞衡は、気になる存在なのであった。

もちろんのこと、竜晴も伊勢貞衡には注目している。まっすぐで誠実な人柄を疑うわけではないが、その裏に何も隠していないとは限らないからだ。

「おお、これは賀茂殿。よう参られた」

天海が竜晴を迎え、その後ろに続く小烏丸と抜丸にもちらと目を向ける。

「賀茂殿、今日はお会いできてようございました」

と、同席していた伊勢貞衡は、竜晴だけに目を向けて挨拶した。天海と深い付き合いがあり、これまでも怪異との対決に居合わせてきた侍だが、付喪神たちの人型を見ることはできない。

「大僧正さまのお呼びにより参りました。伊勢殿におかれてもお変わりなく」

竜晴は天海に向かい合う形で座ると、

「お二方がご一緒ということは、伊勢殿に関わる案件でございますか」

と、続けて問うた。天海は「さすがに話が早くて助かる」と苦笑しつつ、

「伊勢殿ご本人というより、伊勢殿があるお方より預かった案件でござるが……」

と、貞衡の方へ目を向けた。

「くわしいお話はまず、伊勢殿よりお聞かせあるがよろしかろう」

その天海の言葉を受け、貞衡は「かしこまった」と居住まいを正すと、竜晴に向き直った。

三

徳川本家に当たる将軍家の当主は、ただ今、三代目の家光(いえみつ)である。跡継ぎは家光の嫡子(ちゃくし)が望ましいが、いまだ男子に恵まれてはいない。

家光には弟が二人いたのだが、同母の弟で駿河大納言(するがだいなごん)と呼ばれた忠長(ただなが)は、三年前に乱行(らんぎょう)により切腹(せっぷく)させられ、異母弟の保科正之(ほしなまさゆき)はすでに養子に出されていたから、将軍家を継ぐ資格はなかった。

このままでは跡継ぎが絶えてしまう恐れがあり、将軍の乳母(めのと)である春日局(かすがのつぼね)が気を

揉むのもそこであったが、その万一に備えて、御三家が存在する。

尾張、紀州、水戸の三家で、家を立てたのはいずれも家康の息子たちであった。

その一つ、尾張家の当主は徳川義直といい、尾張大納言と呼ばれている。

「実は、尾張大納言さまより内々のご相談を頂戴しまして」

と、貞衡は切り出した。旗本の中でも特に名家出身の貞衡は、御三家当主とも顔見知りということらしい。

「尾張さまのお屋敷には、南泉一文字と呼ばれる名刀がございます」

それは、もともと足利将軍家の持ち物であったが、その後、豊臣家へ渡ったのだそうだ。秀吉亡き後、跡を継いだ秀頼から徳川家康の手に渡り、家康が義直に譲ったという。現在、尾張大納言家の所有になっている経緯を簡単に語った後、

「その南泉一文字が近頃、理由もなく鳴動しているそうで」

と、貞衡は本題に触れた。

「鳴動とはどのような？」

竜晴が落ち着いた声で問う。

「それがしも直に見聞きしたわけではないのですが、尾張さまのお言葉によれば、

夜半、鞘入りの状態でかたかたと音を立てながら震えるそうです。一度は刀掛けから勝手に落ちたこともあるのだとか。子供の泣き声を聞いたと申す使用人などもいるようです」

「ひとりでに震える名刀ですか」

竜晴が言葉を嚙み締めるようにして呟く。貞衡は少し間を置いてから、先の話を続けた。

「その時はただの雑談として伺ったのですが、どう考えても怪異の類でしょう。そこで、大僧正さまにお話ししてはいかがか、と申し上げたのです。すると、尾張さまご自身も前々からそのように思し召しだったとか。ただ、上さまのご相談役でもある大僧正さまを煩わせてよいものかと、ご遠慮しておられたそうです」

とはいえ、事は家康から授かった名刀の異常である。放っておいて、よくない事態でも引き起こせば、この江戸が大きな災厄に見舞われかねない。

「そこで、それがしが大僧正さまへの仲介をお引き受けいたした次第」

と、貞衡が話をまとめたところで、天海が続きを引き受けた。

「拙僧はひとまず刀をお見せ願いたいと申し出た。ただし、尾張さまはあまり大ごとにしたくないとお考えゆえ、拙僧が尾張家へ出向くのではなく、ひそかに当寺へ運んでもらうこととといたした」

「それはご賢察です。刀によくないものが憑いていた場合、大僧正さまの結界である この寺の方が祓いやすいでしょう」

竜晴の言葉に、天海はおもむろにうなずいた。

「そこで、賀茂殿にお願いしたいのは、当日、南泉一文字を受け取る折に同席願いたいということ。刀を持参いたすのは、大納言さまのご家来衆と相成るが、これも目立たぬ訪問となるゆえ」

「分かりました。私としても、刀の怪異については気にかかるところ。大僧正さまと共に南泉一文字を拝見いたしたいと考えます」

「そう言ってくれるとありがたい。では、尾張さまと打ち合わせた後、賀茂殿のもとへも日取りをお知らせすることといたす」

こうして、竜晴と天海の相談がまとまると、貞衡もほっと安堵の息を漏らした。

「お二方ならば、この一件、見事に解決してくださることと存じます。尾張さまのお心も晴れることでございましょう」

話がまとまったことをすぐにも尾張大納言に知らせるため、貞衡はこれで辞去すると言う。竜晴も用は済んだので、貞衡と共に暇を告げることにした。

寛永寺の門を出たところで、「それでは、何分よろしくお頼みいたす」と挨拶する貞衡と別れ、竜晴たちは小烏神社へ帰った。

南泉一文字について、付喪神たちとくわしい話を交わしたのは神社へ到着後のことである。付喪神たちが勝手にしゃべる分には帰り道でもかまわないが、竜晴が応じられないからだ。

しゃべりたくてたまらないのをずっと我慢していた抜丸は、帰り着くなり一気に語り出した。

「南泉一文字の話が出てくるとは、本当に驚きました」

抜丸は昂奮気味に言う。

小烏丸としては、抜丸だけを活躍させたくないところだろうが、昔の話になると記憶喪失が仇となる。せめてもというつもりか、

「もったいぶっておらず、さっさと話さないか」

と、嫌みっぽく言った。

「役立たずは黙っているがいい」

抜丸はしっかりと己の優位を小烏丸に示した後、

「竜晴さま、お聞きください」

と、身を乗り出した。その傍らでは、玉水が興味深そうに目をきらきらさせている。

「実は、南泉一文字にまつわるお話を、寛永寺へ出かける前、私は口にしているのです。驚いたのはそのめぐり合わせでございまして」

「出かける前にお前がした話といえば、刀で真っ二つにされたという猫の話だったな」

竜晴が確かめると、「まさにそのお話です」と、さらに昂奮気味に抜丸は言った。

「なるほど。その刀が南泉一文字というわけか」

「そうなのです。竜晴さまもご存じの通り、私はかつて足利将軍家の持ち物でございまして、花の御所で暮らしておりました。その際、一文字派の刀工が鍛えた打刀とめぐり合わせたのでございます。いえ、その折はこれこれという名も持たぬ刀でございまして、かくいうこの私とは古さといい、値打ちといい、比べものにはなりません」

　抜丸はふんと胸を張る。

「誰がそんなことを訊いた。お前のことなどどうでもいいから、さっさと南泉一文字のことだけ話せ」

　苛立たしげに小烏丸が嚙みついたが、抜丸はもう相手にもしない。

「それでは、その当時、南泉一文字は付喪神になっていなかったのだな」

　竜晴が確かめると、抜丸は「はい」とうなずいた。

「付喪神になるなどとんでもない。当時はほんの若輩者でございました。ただ、ある時、木天蓼に酔っぱらった猫がこの刀に飛びかかりまして、刀が猫を真っ二つにするという事件が起こったのです。その際、誰かが唐の僧侶、南泉普願の逸話を髣髴させると申しまして、以来、刀は『南泉一文字』と呼ばれるようになったのでございます」

「なああ、竜晴。南泉普願とは何のことだ。我にも教えてくれ」

　小烏丸が甘えを含んだ声で竜晴にせがんでくる。これ以上、抜丸にしゃべらせまいとしてのことだが、抜丸としても竜晴の発言を遮るわけにはいかない。そして、

「私も聞きたいです、宮司さま」

　と、玉水が興味本位で小烏丸の後押しをした。

「ふむ。南泉普願とは今抜丸が言ったように、唐の禅僧なのだが、この僧の弟子たちが二手に分かれて、一匹の猫を奪い合っていた。それを見た南泉普願は、このことについて何か述べるようにと弟子たちに促したという。禅においては、悟りに至るための修行として、師が弟子に問答を行うが、これもその一つとなったわけだ」

「何かとは、どういうことを言えばいいのですか」

　玉水が竜晴を見上げながら、小首をかしげている。

「決まった答えや正しい答えというようなものはない。禅の問答とはそういうものだとしか言いようがないな」

「よく……分かりません」

　玉水はますます首をかしげている。

「まあ、おぬしにはまだ早いということだ。いずれ我が教えてやるゆえ、今はそのまま聞くがよい」

　小烏丸が威張って言うと、玉水は小烏丸に尊敬の眼差しを、抜丸は逆にあきれ返った眼差しを送った。

「取りあえず、話を進めるぞ。この時、弟子たちは南泉普願に何も言えなかったそうだ。それを見定めるなり、南泉普願は猫を一刀のもとに斬ってしまったという」

「ひゃっ、恐ろしい話ですね」

玉水が体をびくっと震わせて言う。

「確かに、不愉快極まりない話だ。そもそも、僧侶のくせに殺生の罪を犯すとは、まったくひどい」

小烏丸は憤慨した。

「そういうことも含めて、なぜ南泉普願が猫を斬ったのか、その答えを考えるのも禅の公案なのだろう。まあ、それはいいとして、猫が真っ二つになるというところが、先の足利将軍家で起きた猫の事件とかぶったわけだな。それで、猫を斬った刀が『南泉一文字』と呼ばれることになったというわけか」

最後に話を戻して、竜晴が抜丸に目を向けると、

「はい、その通りでございます」

と、抜丸は満足そうにうなずいた。

「しかし、あの若輩者が今では徳川将軍家の……まあ、傍流の家ではありますが、そこのお宝として所有されているとは……。あやつも偉くなったもんです」

抜丸は明らかに南泉一文字を格下と見なす口ぶりで続けた。

「お前が南泉一文字を見てから、百年以上は経っているだろうが、その後、付喪神になったという話を聞いたこともないのだな」

「はい。まったくもって。足利将軍家では、丁子乱れの刃紋が美しいとかで、たいそう愛でられておりましたがね。しかし、猫を斬るまでは、数ある一文字の刀の一振りに過ぎなかったのですよ。刀とはそもそも出来栄えや見た目の美しさもさることながら、刀となってから誰に所有され、どういう逸話を持つようになったか、その歴史そのものが大事ですからね」

「ふむふむ。確かに我ら付喪神にとって、その歴史こそが重みのあるものと言えるな」

めずらしく、抜丸の言葉に小烏丸が同意している。

二柱が顔を見合わせ、互いにうなずき合っているのを見て、竜晴は両者に触らぬことにした。

（抜丸はああ言うが、百年以上も経つ間に付喪神になっていることも十分あり得る）

その付喪神が姿を見せてくれれば、謎の鳴動についてもはっきりするだろう。それにしても、泰山が木天蓼を持ってきたその日に、猫と深い逸話を持つ名刀の怪異について聞くことになろうとは――。

（やはり、泰山には何か、本人も気づかぬ力なり運なりがあるのかもしれぬ）

以前、稲荷社の神狐たちが小烏神社へやって来た折、泰山は二度とも神狐たちに遭遇した。そのうちの一匹は、泰山に人ならざるものを引き付ける力があるのだろうと言っていた。

そもそも、泰山が氏子でもないのに小烏神社へやって来て、今では竜晴のただ一人の友人になったことからして、ふつうではない。

突き詰めて考えたところで答えの出ることではないが、このことは心に留めておこうと、竜晴は思った。

二章　南泉一文字

一

　竜晴が小烏丸と抜丸を伴い、再び寛永寺へ向かったのは、それから三日後のことである。

　尾張家の家臣が数人で、南泉一文字を届けに来るという午(うま)の刻の少し前、竜晴はいつもの居間へと通された。この日、伊勢貞衡は立ち会わないそうだが、天海と尾張家との間で手違いが起こらぬよう、両者への連絡を密に務めてくれたという。

　やがて、尾張家の家臣たちの訪問が告げられ、二名が小僧に案内されてきた。

「平岩弥五助(ひらいわやごすけ)と申します」

　先に部屋へ入ってきた初老の侍が、天海の前に座って挨拶する。その後ろで箱を抱える若侍も、続けて頭を下げた。

「御家の抱えておられる事情については、伊勢殿よりお聞きしており申す。今日はご依頼のものをしかとお預かりするべく、お待ちしていた」

「ははっ。その品についてはこれに」

平岩は背後の侍から、風呂敷に包まれた箱を受け取ると、それを天海の前へと進めた。

「中をお検めください」

平岩の言葉に、天海は「いや」と応じた。

「聞いたところでは、この刀はひとりでに鳴動するという。検めるには相応の支度が入用と心得る。申し遅れたが、こちらは小烏神社の宮司賀茂竜晴殿。かような不思議の事態に際し、拙僧よりはるかに頼りになるお方である」

天海の言葉に、平岩と若侍の眼差しが竜晴の方へと向けられた。その目には驚きの色が浮かんでいる。竜晴は無言で頭を下げた。その後ろの付喪神たちが、竜晴への賛辞はまったくもってその通りだと、尊大に胸を張る姿は、もちろん平岩たちの目には見えない。

「さようでございましたか。大僧正さまがそこまでおっしゃるお方がおそばにおられるのは心強い」

　平岩はそう言い残し、若侍と共に下がっていった。残されたのは箱入りの名刀、南泉一文字である。

「さて。賀茂殿よ。いよいよ中身を検めたく存ずるが、いかがでござろう」

　天海がまず竜晴に目を向けて問うた。

「取りあえず、今はそちらの箱から異常は感じられませぬ。妖や怪異の類が憑いている気配もない。お前たちはどうか」

　と、竜晴はそこで背後を振り返ると、その場にちょこんと座っている小烏丸と抜丸に問うた。

「はい。私も特に何かを感じることはありません。物言えぬ刀がただ箱に収まっているだけのようです」

　すかさず答えた抜丸に後れを取ってはならじと、小烏丸も慌てて口を開く。

「うむ。我も竜晴と同じく、異常はないと思うぞ。付喪神の気配もないようだ」

　付喪神たちの張り合う様子を、天海は面白そうに見つめていた。

「とまあ、この者たちもこう申しておりますので、今から中身を検めましょう」

と、竜晴は天海に向き直って告げた。

「ただし、念のため、箱の蓋(ふた)は私が開けることにいたします」

竜晴の言葉に天海が同意すると、

「大事ないのか、竜晴」

と、小烏丸がすかさず問うた。

「危険を伴うのなら、箱を開ける役目は我に任せてくれてもいいのだぞ」

心配でたまらないという様子の小烏丸に、竜晴は首を振る。

「いや、私の見るところ大事あるまい。それに、不測の事態が起こったとして、対処する力はお前より私の方が備えているだろう」

「まったくです。愚か者めが出しゃばるな」

抜丸が途中から小烏丸に目を向け、厳しい言葉を吐く。

「竜晴さまにお前ごときの助けが入用なものか」

断ずるように言った後、抜丸は竜晴に目を戻し、

「ですが、万一のことを考え、この私めに箱を開けさせていただいても……」

と、声の調子を変えて言い出した。いろいろと台無しにするその発言に、小烏丸

はすかさず食いつく。

「お前の今の言葉は、我の言葉の猿真似ではないか」

「うるさい。出しゃばりの愚か者と、頼りになる私では、そもそも言葉の重みが違うのだ」

先の長くなりそうな言い争いが始まった。しかし、両者の口は「よさないか」という竜晴の言葉でぴたっと止まる。

「言い争いたいのならば、この場を立ち去るがいい」

淡々と述べられる竜晴の言葉は、効果てきめんであった。付喪神たちはぶんぶんと首を横に振り、すっかりおとなしくなる。

竜晴は改めて南泉一文字の箱の前へ移動すると、風呂敷の結び目をほどいた。上品な白木の箱が現れる。

それから、竜晴はしばらく様子を見守った。話に聞いていた鳴動が始まる気配もない。

「では、蓋を開けさせていただきます」

竜晴は天海に断り、両手で蓋を持ち上げた。

鞘入りの打刀が皆の目に飛び込んでくる。竜晴は手を触れず、箱ごと天海の膝もとへ押し進めた。

「手を触れても大事ござらぬか」

天海の問いに竜晴はうなずく。

「はい。念のため、鞘から抜くのはお控えください」

竜晴の言葉を受け、天海は箱の中から鞘入りの刀を取り出した。鞘は金襴の織物を思わせる豪奢な作りで、さほど古そうな拵えにも見えない。刀身は鎌倉に幕府があった頃に作られたというから、鞘は足利将軍家か豊臣家の所有になった頃、新たに作り直されたのであろう。

そんなことを竜晴と天海は言い合ったが、その間も刀にこれという変化や異常は見られなかった。天海は南泉一文字を竜晴に手渡した。

竜晴は刀を両手で捧げ持つように受け取った後、全体をしっかりと眺めてから鞘の中心を左手で、柄を右手で持ち替えた。鯉口を切ると、銅で拵えられた鎺の部分が現れる。そこで、竜晴は天海と目を見交わし、互いにうなずき合った後、いよいよ刀身を引き抜こうとした。

その時である。

まさに、その瞬間を待ち兼ねていたふうに、南泉一文字が震え始めた。鞘と柄を握り締めた竜晴の両腕に、その震えが激しく伝わってくる。鯉口と鎺がカタカタと音を立てて鳴り出し、

「賀茂殿！」

と、天海が声を上げた。ほぼ時を同じくして、

「竜晴さまっ」

「竜晴ぃー」

と叫びながら、抜丸と小烏丸が腰を浮かした。

鯉口を切った刀を力ずくで鞘へ納めるか。それとも、震え出した刀身の勢いに合わせて、鞘から思い切って引き抜くか。

その名の通り鯉の口そっくりな楕円形を、竜晴は見据えた。鯉口を切ったことでわずかにできた鞘と刀身の隙間から、銀白色の光が漏れ出ている。刀身そのものはまだ鞘の中に納められたままだというのに。

南泉一文字の刀が自ら輝きを放っているのだ。

だが、その輝きに邪悪な気配はいっさい感じられない。それを一瞬で見定めると、竜晴は迷うことなく刀の柄を鞘から引き抜いた。

「わあっ」

付喪神たちの口から、驚きの声が放たれる。

天海は声こそ上げなかったが、付喪神たちと同様、あまりの眩（まぶ）しさに耐え切れず、手で目の前を覆っていた。その中で、竜晴だけが瞬き一つせず、目の前の現象を見守っている。

まともには見ていられぬほどの眩しい銀白色の輝きを放つ、南泉一文字の刀身。

そして——。

鞘を左手に、刀を右手に持つ竜晴の膝もとには、小さな、小さな、生まれたてと見える子猫が寝転がっていたのであった。

二

子猫は初め、刀身が放っているのと同じ銀白色の光に包まれていた。竜晴が刀を抜き放つのと同時に、現れたものと見える。

そして、このまばゆい光と同時に、一筋の黒い影のようなものも、鞘の中から飛び出してきた。それは、光が徐々に輝きを失っていくのと異なり、煙のようにすうっと失せてしまったのだが、それに気づいたのは竜晴のみであったようだ。

だが、竜晴はそのことを口にしなかった。

銀白色の光が収まってくると、子猫の姿ははっきり見えてきた。橙色と茶色の混じった毛並みをしている。

天海も付喪神たちも目を覆うのをやめ、その場に突然現れた子猫に、驚愕と強い興味を示した。いずれも座っていたその場所から腰を浮かし、子猫を取り囲むような形で膝を進めてくる。

竜晴は抜き放っていた南泉一文字を再び鞘の中へ納めたが、子猫が消えることはなかった。

「こ、これはどういうことだ、竜晴」

小烏丸が目を丸くして問うた。

「そもそも、この猫はいかにしてここへ？」

天海は子猫から目をそらさず、竜晴に尋ねた。

子猫は横たわった格好（かっこう）のまま、ころんころんと体を動かしている。起き上がろうとしているのに、それができないのか、ただ体を動かしているのが楽しいのか、そこまでは竜晴でも読み取れない。時折、前脚で顔をこするようにし、気持ちよさそうに目を細めている。また、時折、その口から声が漏れるのだが、それは「みゃあ」もしくは「にゃあ」としか聞こえなかった。

「これは、猫そのものではありません」

竜晴は落ち着き払った声で告げた。

天海が二度ほど瞬（まばた）きした後、不審げな声を上げる。

「これが、猫ではないと――？」

「竜晴よ。我には猫としか見えぬのだが……」

続けられた小烏丸の言葉に、抜丸がすかさず「これだから鈍い奴は困る」と言い放った。が、今の状況では天海をもそこに含んでいるように聞こえたから、天海が苦虫を嚙み潰したような表情になる。もっとも、抜丸にそこまでの意図はなかったようで、

「お前もカラスにしか見えぬ姿をしていながら、カラスそのものではなかろう」

と、小烏丸だけを相手に言った。

「そういうことですよね、竜晴さま」

「ああ。おそらくはな」

抜丸の問いかけに、竜晴はうなずいた。

「つまり、これはその刀の付喪神ということなのか」

小烏丸がこれまで以上に昂奮した様子で叫ぶ。

「何と、これが付喪神……」

天海も驚きの声を放った。

「しかし、いやしくも付喪神を名乗るからには、人語を操れねばなるまい。この者の声は猫の鳴き声にしか聞こえぬが……」

「生まれてすぐに言葉を操れる生き物がどこにいるか。人間とて徐々に言葉を覚えていき、まともに物を考えられるようになった頃には、言葉を操れなかった時のことは覚えていないものだ」

「なるほど。つまり、こやつは生まれたばかりゆえ、人語が操れぬということか」

小烏丸が抜丸の言葉にもったいぶった様子で感心している。

「ほう。拙僧は付喪神が生まれるその場に立ち会ったことはござらぬが、そういうものなのか」

天海もまたすっかり感心していた。

「いや、大僧正さま。私も付喪神が生まれた瞬間に立ち会うのは初めてです。しかし、まあ、ふつうの生き物とは違いますから、人語を操れぬといっても……」

竜晴はそう言いながら、子猫に手を伸ばし、その首根っこをひょいとつかんだ。子猫は竜晴の手でつまみ上げられ、それから静かに床へ下ろされる。その時にはもう四肢で立つことができ、それから後ろ脚を折り曲げ、前脚を立てて上手に座った。

「お前は南泉一文字の付喪神なのだな」

竜晴が問うと、子猫は口を開いた。「みゃあ」という相変わらずの鳴き声が漏れたが、「ああー」「いいー」とそれまでとは違う響きの声が続けられる。その様子は何とももどかしいふうに映っていたが、やがて猫は何度も首を縦に振ってみせた。

竜晴の言葉に、その通りだと返事をしているらしい。

「付喪神として姿を現すのは初めてでも、刀としての命は長い。その間、人の言葉を習得する時は十分にあったはず。我らの語る言葉を解するのであろう？」

「……あい」

と、今度は猫のような鳴き声は立てずに、猫は答えた。

「おお、人の言葉を話すとは――」

カラスの姿をした小烏丸が、人語をしゃべるのをこれまで幾度となく聞いていたにもかかわらず、天海が感動した声を上げる。

「お前は刀として長い間、人の手で大事に扱われ、今ようやく付喪神としての命を得た。それで、間違いないのだな」

「あい」

と、返事は回を重ねるごとに滑らかなものとなっていった。

「お前の本体であるこの刀――」

と、竜晴は鞘に納められた南泉一文字を軽く持ち上げてみせ、

「この刀が鳴動すると、持ち主の方がご心配なさっていたそうだが、それもお前が付喪神として生まれる予兆であったということか」

と、尋ねた。この時ばかりは、付喪神の子猫は少し考える様子を見せた後、

「そういう……ことだと……おもいましゅ」

と、それまでになく長い言葉を操ってみせた。「おお」という感動の言葉が天海と小烏丸の口から漏れる。

「ふむ。そういうことであるならば――」

竜晴は改めて天海に目を向けると、「これで一件落着と存じます」と告げた。天海もおもむろにうなずき返す。

「もっとも、尾張大納言さまへどうお伝えするかについては、少し考えねばならぬと存じますが……」

「確かにな。付喪神が現れたとそのまま言ったところで、まともに伝わるとも思えぬ。ちなみに、この猫の姿は人の目に見えるのでござろう?」

「はい。これが厄介なところなのですが、付喪神がいくら人語を操ったところで、我々以外の者には人語と聞こえぬ――つまり、この者でしたら猫の鳴き声としか聞こえぬわけです。それゆえ、これから先、付喪神としてどう生きていくのか、己で決めなければなりません。人前には現れぬようにするのか、それとも人前では本物の猫らしく振る舞うのか。その付喪神なりの掟(おきて)を自分で決めるということですね」

竜晴の言葉に、天海は感慨深い表情を浮かべた。

「ふむ。付喪神として生きていくこともまた、人が憂き世を生きていくのと同じく、決して楽ではないということか」

「まあ、付喪神であることを受け容れてくれる主人であれば、また別なのでしょうが」

竜晴が付喪神の子猫に目を据えて言う。子猫は縋るような眼差しで、じっと竜晴を見つめ返した。

「なあなあ、竜晴」

小烏丸が声を上げる。

「こやつ、すぐにその持ち主のもとへ返さなければならないのか」

「さて。それは……」

竜晴が問いかけるような眼差しを向けると、天海が代わりに口を開いた。

「怪異の要因を調べるということでお預かりしたゆえ、しばらくは、我が手もとに置いておいても差し支えなかろう」

「こやつを今のまま持ち主のもとへ返したら、失策を仕出かして大ごとになるかもしれぬぞ。やはり、ここは付喪神の偉大なる先達として、我がこの者に生きる術を教えてやってもよいが、竜晴はどう思う」

小烏丸は期待のこもった眼差しを竜晴に向けて問うた。

「とんでもない」

反対の声を上げたのは抜丸である。

「この愚か者を師匠になどしたら、こやつはいつまで経っても、赤ん坊程度の知恵しか身につきません。師匠というのなら、ぜひともこの抜丸めに――」

「赤ん坊程度とはどういうことだ。そもそも、お前などを師匠と仰げば、心根のひねくれた付喪神になってしまうではないか」

「まあまあ」

と、この時、付喪神たちの言い争いに割って入ったのは、竜晴ではなく天海であった。冷えた声で淡々と道理を説く竜晴と違い、天海はいつもよりずっと優しい声で言う。

「南泉一文字がいかなる付喪神になるかということは、この者が自分で決めること。とはいえ、今の生まれたての様子を見れば、やはり教え導く者はいた方がよかろう。

おぬしら付喪神の先達がいれば、この者も心強かろうて」

　小烏丸と抜丸の顔を交互に見ながら語った天海は、そこで竜晴に目を向けた。

「そこで、どうでござろう。この南泉一文字の付喪神、賀茂殿の社でしばらく預かり、今後の生き方なり過ごし方なりを、教え込んでやるというわけにはいきますまいか」

「はあ……」

と、あいまいな返事をした竜晴は、改めて小烏丸と抜丸を交互に見据えた。二柱とも「ぜひそうしてくれ」と言わんばかりの様子で、双眸をきらきらさせている。

「私はともかく、付喪神たちはやる気のようですね」

　竜晴は天海に目を戻して告げた。

「まあ、私は何も教えてやれぬでしょうが、この二柱に任せておけば安心でしょう。かく言うこの私も、二柱の付喪神から多くのことを教わりましたゆえ」

「賀茂殿がこの付喪神たちから――？」

　天海の眼差しが疑わしげに付喪神たちへと向けられる。

「んん？」

気づいた小烏丸が不審げな声を上げるや、天海はすぐに目をそらして、ごほんと咳払(せきばら)いした。

「まあ、賀茂殿がそうおっしゃるのなら、なおさら信頼できるというもの。取りあえず、この南泉一文字の付喪神のことはお任せしてよろしいであろうか」

「はい。ただし、付喪神とはふつう、本体から離れては生きられぬもの。ゆえに、付喪神をお預かりするのなら、本体も我が社でお預かりしなければならぬと存じますが、それはいかがでございますか」

　竜晴が問うと、天海は迷いも見せずにうなずいた。

「尾張さまが宝となさる名刀ゆえ、本来ならば、断りもなくまた貸しするわけにはまいらぬ。しかし、賀茂殿にお預けするなら、案ずることもあるまい。むしろ、拙僧の手もとにあるより安全と申すことができる」

　ただし、尾張家にその旨(むね)を伝えれば、事情を打ち明ける必要が生じるため、このことは内密に進めようと天海は言い、竜晴も承知した。

「それでは、南泉一文字には再び刀の中へ戻ってもらおうか。猫のままでは、まだ歩くのも大変であろうからな」

竜晴が猫に目を戻して言い、猫は「あい」と素直にうなずいた。

竜晴は手にしていた打刀の南泉一文字を、猫の前に差し出す。ところが、しばらく待っても何も起こらない。

「どうして戻らないのだ」

竜晴が問うと、子猫は困った様子で首をかしげた。

「あのう、戻るってどうやればいいんでしゅか」

「何だって。お前、本体に戻れないのか」

抜丸が驚いた声を上げる。

「本体へ戻るにはどうやればいいのか、教えてやってくれ」

と、竜晴は抜丸に告げた。これに限っていえば、本体と切り離され、その在り処(ありか)がいまだに分からぬ小烏丸が教えてやることはできない。抜丸はふだんから小烏神社の本殿に納められた本体の刀と共にあり、出入りも自在に行っていた。それを分かっているから、不服そうな表情をしつつも、小烏丸も口出しを控えていたのだが、

「そのう、教えると言われましても、何を教えればよいのでしょう」

と、抜丸はめずらしく困惑した様子を見せた。

「本体の中へ入るこつを教えてやればいい」

「その、こつと言われましても、そのようなものは特には……」

抜丸はますます困った表情を浮かべている。

「何だ、お前、教えられないのか」

小烏丸が嫌みな声を出した。

「お前とて教えられないくせに、何を偉そうな」

「我は記憶を失くしているゆえ、仕方がない」

そうでなければ、自分には容易(たやす)いことだという口ぶりで、小烏丸は言い返した。

「お前だとてできるものか。そもそも、地上の生き物に息の仕方を教えてくれと頼んだところで、教えられる者がどこにいる。魚に泳ぎ方を教えてくれと頼めば、教えてもらえるのか」

抜丸の言葉に、「なるほど」と竜晴が呟いた。

「つまり、付喪神にとって、本体へ戻るというのはそういう類のものなのだな」

「はい。竜晴さまのおっしゃる通りです。私に言わせれば、どうしてこやつが自然(じねん)とそれをできないのか、そちらの方が理解できません」

　抜丸が飛びつくように言った。

「ふむ。であれば、こやつも遠からず、やり方のこつを自然とつかめるのだろう。今は……できないというのなら、致し方ないな」

　竜晴は子猫をつまみ上げ、懐の中へそっと入れた。子猫が小袖の合わせ目から顔だけをそっとのぞかせる。

「神社へ着くまではここでおとなしくしているがよい」

「あい、ご主人しゃま」

　子猫はすっかり懐いた様子で甘えた声を出した。

「私はお前のご主人ではない。主人とはお前の持ち主のことだ」

　竜晴は教え諭すように言ったが、子猫は眠そうな声でみゃあと鳴いただけであった。

「それでは、こちらの本体の方もお借りしてまいります。付喪神が相応の知恵を付けましたら、お返ししにまいりますので」

　竜晴は手にしていた刀の南泉一文字を再び箱の中に戻して告げた。

「委細承知した。ご苦労をおかけするが、よろしくお頼みいたす」

天海が頭を下げて言う。

そして、竜晴と子猫の付喪神、小烏丸と抜丸はそろって寛永寺を後にした。竜晴の懐の中で顔だけを見せている子猫を、代わる代わるのぞき込む二柱の眼差しは、どことなくうらやましそうにも見えた。

三

小烏神社の鳥居をくぐり抜けるや否や、それまでおとなしくしていた小烏丸と抜丸はさっそくと言うべきか、我先にと口を開いた。

「さて、こやつにはまず、猫としての自然な振る舞いを教えてやらねばなるまい。人の目に不自然な猫と見えぬようにな。幸いなことに、上空から地上を見下ろせる我は、猫の振る舞いについてよく知っている。ゆえに……」

小烏丸が物々しい様子で言えば、「そんなことは後回しでいい」と抜丸が言う。

「竜晴さまと一緒に暮らす以上、まずは失礼のない振る舞いができなければならぬ。その躾（しつけ）が先だ」

　竜晴の懐に入った子猫を左右から挟み込むようにし、その頭越しに言い合うものだから、猫が脅えたような目をしている。それに気づいた竜晴が、小烏丸と抜丸をたしなめようとした時であった。

「にゃああー」

　懐の猫が間延びした声で鳴いた。

　小烏丸と抜丸が言い争うのをぴたりとやめ、互いに顔を見合わせている。

「どうした、おぬし」

　ややあってから、小烏丸が心配そうに猫を見て訊く。

　見た目は猫で、ふつうの人間には猫の鳴き声としか聞こえぬものでも、竜晴や付喪神たちにはきちんと人語として聞こえる。滑らかにしゃべれるわけではないが、南泉一文字は生まれてすぐに人語を解し、簡単な応答ならばできていたのだ。

　それなのに、今の鳴き声は竜晴の耳にも付喪神たちの耳にも、ただの猫の鳴き声としか聞こえなかった。

「どうして、猫のように鳴く」

　小烏丸に続けて、抜丸が問うた。それでも、子猫はにゃあにゃあと鳴き続けている。その鳴き声は次第に昂奮した様相を呈してきた。そして――。

「ぎゃあー」

　としか、竜晴たちに聞こえない声で一声鳴くなり、子猫は竜晴の懐からぱっと飛び出した。転がるように地上に落ちてしまい、「あっ、危ない」と小烏丸と抜丸が声を上げたが、両者とも助けるには間に合わない。

　一方、子猫はそれまでとは別の猫のように、素早く起き上がって、すっと四肢を地面につけた。かと思うと、脇目（わきめ）も振らず、あっという間に駆け出していった。

「しまった」

　と、竜晴の口から、ふだんは聞くことのない言葉が漏れる。

「木天蓼のにおいに気づいたのだ」

　竜晴は慌てて猫のあとを追いかけた。

「しかし、竜晴さま。あやつはそもそも猫ではないでしょうに」

　竜晴のあとに続きながら、抜丸が問う。

「ああ。だが、体は猫と同じつくりなのだろう。つまり、小烏丸が空を飛べること、抜丸が地を這うことができるのと同じだ。別の生き物であれば、できるはずもないのだからな」

「なるほど、確かにその通りです。だから、あやつはふつうの猫と同じように、木天蓼が大好きなのですね」

　走りながら言葉を交わすうち、竜晴たちも先ほど泰山が木天蓼を置いていった縁側に到着した。

「ちょ、ちょっと、この子猫ちゃん、何なんですか、もう」

　泰山がかぶせていったざるは投げ捨てられ、猫は木天蓼のこぶに戯(じゃ)れ付きながら、縁側を転げ回っている。その傍らでは、玉水が困り顔でおろおろしていた。

「ぐ、宮司さまあ。それに小烏丸さんと抜丸さんも。助けてくださあい」

　玉水は駆けつけた一同に対し、今にも泣き出しそうな顔を向けた。

　竜晴は素早く印を結ぶと、呪(じゅ)を唱え始める。

大いなる日、叡智(えいち)の光もて遍(あまね)く心を安らかにせん
オン、バザラ、ダドバン

竜晴が短い呪を唱え終えるや否や、子猫はその場にこてんと横たわった。意識を失っている。

「ぐ、宮司さま。まさか死んでしまったんじゃ……」

玉水があわわと口もとを手で覆いながら震える声で問う。

「いや、死んではいない。そもそも、これは本物の猫でもない」

竜晴が言い、その後、小烏丸と抜丸とで、玉水に新しい付喪神の正体について明らかにした。

「なあんだ。小烏丸さんたちと同じ神さまだったんですね」

神さまと言いながらも、玉水の物言いにはあまり恐れ入った感じがこもっていない。

「じゃあ、この子はしばらくしたら、目を覚ますんですか」

玉水は竜晴に尋ねた。「この子」などと言っている時点で、南泉一文字に対しての敬意はまったく持っていないことが明らかであった。

「目はすぐに覚ますだろう。だが、二度と木天蓼に酔っぱらわぬよう、このにおいを感じ取れなくなる呪をかけておく」

竜晴の言葉に、付喪神たちも玉水も安心した表情を浮かべている。竜晴は続けて、玉水に木天蓼を元のようにきちんと天日干ししておくよう、その片付けを命じた。

それから、転がっている南泉一文字の首根っこをつかんで、縁側から居間へと上がった。付喪神二柱もそれに続く。

「この猫の姿、どこかで見たことがあると思っていたんですよ」

まだ目を覚まさない南泉一文字の顔を見つめながら、抜丸がいつになくしみじみした声で呟いた。

「見覚えがあるのか」

「はい。こやつの本体が南泉一文字と呼ばれることになったきっかけは、猫を一刀両断にしたことからですが、その猫がこやつとそっくりの虎猫だったんです。斬られた時はもっと大きな、というより、すっかり年老いた猫でしたが」

「そうだったか。つまり、南泉一文字の付喪神は、かつて己が斬った猫に姿を借りたというわけなのだな」

「はい。名前の由来からすればもっともかと思われます」

付喪神は、本体が関わりを持つ何かになるという。抜丸は本体が大蛇を斬ったことから、白蛇の姿を取り、小烏丸は本体の名にちなんで、カラスの姿となった。

「ところで、竜晴。こやつが木天蓼に気づいて駆け出した時、我にはこやつの声が猫の鳴き声としか聞こえなかった。こやつ、まさか、早くも人語を操れなくなってしまったわけではないよな」

小烏丸が心配そうに南泉一文字の寝顔を見つめながら言う。

「それは木天蓼に酔っぱらったせいだろう。我々に通じるような何かを語ったわけではないゆえ、猫の鳴き声として聞こえただけだ。目覚めた時には、前と同じくらいには人語が操れると思うぞ」

「そうか。それならばいいんだ」

小烏丸が安堵の息を吐いた時、片付けを終えた玉水が居間へ戻ってきた。

南泉一文字のすぐそばにちょこんと座り込み、

「かわいいなあ」

などと呟いている。

「本当に小さいんですね」

自分より小さな存在が現れたことが嬉(うれ)しいのか、玉水の声は明るかった。

「あ、この子、名前は何ていうんですか。まだ決まっていないのなら――」

と、玉水は猫の名付け親になろうとする。

「待て待て。こやつもまだ生まれたてとはいえ、付喪神の端くれ。ふつうの猫のように名を付けるなどあり得ない。こやつには本体の持つ『南泉一文字』という立派な名があるのだからな」

小烏丸が玉水を諭すように言った。

「えっと、それじゃあ、この子のこと、これから南泉一文字って呼ぶんですか？」

「まあ、そうだろうな」

と、答えながらも、小烏丸は何かしっくりこないという顔つきをしている。

「南泉一文字ちゃん」

と、玉水は呼びかけてみたが、すぐに顔をしかめ、「長すぎますよー」と小烏丸に訴える。

「確かに、呼びやすい名ではないな」

小烏丸もそれは認めた。

「これから、名を呼ぶ機会も多くなるだろう。呼びやすい名を付けてやってもよいのではないか」

竜晴が言うと、反対の声は上がらなかった。

「しかし、付喪神は古くからこの世に存在している。それにふさわしい名もすでに持っていることが多く、南泉一文字も同様だ。その名とまったく関わりのない名を付けるのは、無礼でもあろうから、そこは慮ってやるのがよいと思うぞ」

「それじゃあ、短くして、南泉ちゃんとか、一文字ちゃんとかでしょうか」

玉水がさっそく新しい呼び方を提案したが、

「うーむ、南泉は呼び名のように聞こえないな」

と、小烏丸。

「第一、禅僧の名前で呼ぶのもいかがなものか」

と、抜丸も乗り気でない。ならば、一文字はどうかというと、それでも長すぎると玉水は言う。

「もっと短くて、すぐに名前って分かるものがいいですよお」

玉水から訴えられ、小烏丸と抜丸は一生懸命考え込んでいる。

「あまり、気負った名を付けるのではなく、一文字の『いち』でいいのじゃないか。

おいち、という名は人にも使われている」

　見かねて竜晴が提案すると、皆の顔が一気に綻(ほころ)んだ。

「これ、おいち」

「おいちちゃん」

「おい、おいち坊」

　三者三様の呼び方で、おいちに呼びかけている。その時、子猫がぱちっと目を見開いた。

　前脚で顔をこすりながら、起き上がったものの、一つ欠伸(あくび)をして、みゃあと鳴く。それが猫の鳴き声としか聞こえなかったため、心配になったのか、

「おぬし、我の言うことが分かるか」

　と、小烏丸がすかさず訊いた。

「あい。分かりましゅ」

　南泉一文字――ならぬ猫のおいちがぴょんと耳を立てて答える。

「よし、それでは、これよりお前のことは『おいち』と呼ぶことになった。南泉一文字の『いち』だ。よいな」

小烏丸が重々しい様子で言い、おいちはよく分からぬ表情ながらうなずいている。

「小烏丸さん、私をちゃんと引き合わせてくださいよお」

玉水が横から口を挟み、「分かった、分かった」と小烏丸が応じている。

「それが済んだら、この家で暮らしていく上での礼儀作法を私から教えてやろう」

抜丸が生真面目な顔を近付けて言うのに、おいちは少し脅えた様子でうなずいていたが、

「何を言うか。まずは庭先で、猫らしく振る舞うのを覚えるのが先だ」

と、小烏丸が抜丸に言い返した時には、はっきりと脅え始めた。

「そんなことを覚えてどうなる」

「この神社には、医者先生や氏子の姉弟たちも来る。その者たちに不自然に思われぬよう、振る舞うことは大事なことだ」

「待ってくださいよお。おいちちゃんはもう猫らしく振る舞えますって。ねえ、おいちちゃん」

付喪神たちの言い争いに、玉水まで口を挟むものだから、騒々しさはそれまで以上のものとなる。

玉水がおいちを抱き上げようと、両手を差し出した時、おいちは恐ろしさに耐え切れなくなったか、ぴょんと飛び上がるなり、竜晴の膝の上へと下り立った。そのまま逃げるように、懐の中へと避難する。

「おい」

ここはお前の逃げ場所ではないと、言おうとしたが、おいちが震えているのを見て、竜晴は思いとどまった。

「あまり、生まれたばかりの付喪神を脅えさせるな」

と、まずは古い付喪神たちと玉水に言う。二柱と一匹が反省した様子でうつむいているのを確かめ、

「もう大事ないぞ」

と、竜晴はおいちの首根っこをつかんで、外へと出した。

「私はお前の親でもないし、主人でもない。ここへは二度と入ってくれるなよ」

子猫と目の高さを合わせて言い聞かせる。

「だが、こちらの者たちはお前の……そうだな、兄さんのようになりたいそうだ。兄さんというのは分かるか」

「あい」

おいちはぶら下げられた状態で答えた。

「ならばよい。分からぬことがあれば何でも訊き、頼ればよい。そうだな」

二柱と一匹に尋ねると、皆がそれぞれうなずき返す。

「だから、安心するがいい」

そう言って、竜晴はおいちを床の上にそっと置いた。

「ああ、それから」

と、最後に、おいちの養育者をもって任ずる者たちに向かって言う。

「誰がおいちを養育するのか、話し合うなり争うなりするのなら、おいちの見聞きしていないところでやってくれ」

竜晴の言葉に、二柱と一匹はきまり悪そうに顔を見合わせていた。

三章　狗尾草

一

その日の夕方、木天蓼を片付けようと小鳥神社に寄った泰山は、ふだんはいない子猫の姿に驚いた。

「おや、お前、木天蓼に引き寄せられてきたのか」

みゃあ――と鳴きながら、子猫は泰山にすり寄っていく。

「ん、何だ、ずいぶんと人懐こいな」

泰山は頰を緩め、両手で子猫を抱き上げた。

にゃあ、にゃああ――。

「お前、本当に小さいなあ。生まれたばかりなんじゃないのか。ん、親はどうした」

泰山は子猫の頭を撫でさすり、そのうち愛しくてたまらぬ様子で、頬ずりまで始めた。

にゃあ、にゃにゃ。

初め気持ちよさそうだった鳴き声が、最後は妙な具合になっている。同時に、空中に浮いた手足をばたばたと動かし始めた。

カア、カア――。

樹上のカラスもうるさく鳴き出した。すると、つられたように子猫の鳴き声も大きくなっていく。

「お、どうした、お前」

泰山が慌て始めた時、

「いつになく騒がしいな」

と、縁側に竜晴が現れた。その途端、子猫がじたばたし始めたので、泰山は「わわっ」と言うなり、地面に下ろした。すると、子猫は身軽にぴょんと縁側へ跳び上がった。甘えるように鳴きながら、竜晴の足に体をこすり付けるその姿に、泰山は驚いた。

「おお、ずいぶんお前に馴れているのだな。今日、やって来たばかりだろうに」

「確かにそうだが、頼るものがいないので心細いのだろう」

と、竜晴は猫の首根をつかんで持ち上げながら答えた。

「おいおい。そう雑に扱うものではない」

「雑ではない。猫は首根っこをつかむのが理に適っている」

竜晴は生真面目に答え、それに同意するように猫が鳴いた。

「そりゃあ、まあ、母猫が子猫をそうやって銜えるのと同じなんだが……」

理屈はそうだが何やら釈然としないと呟いていた泰山は、

「そういえば、母猫はどうした。生まれて間もないように見えるが……」

と、尋ねた。

「ふむ。母猫とは引き離された。飼い主の事情で、しばらく私が預かっている」

「そうか。お前、親と離されてしまったのか。かわいそうに」

泰山は縁側まで歩を進め、猫と同じ目の高さになり、しみじみ言った。深緑色の目が興味深そうに泰山を見つめてきたが、怖がったり慌てたりといった様子は見られない。

「そうそう。私はこの猫が木天蓼に惹かれて、迷い込んできたのかと思ったのだが、違っていたのだな」

「うむ。しかし、木天蓼のにおいを嗅ぐなり昂奮したので、困ったことになった」

と、竜晴は言う。そういえば、縁側に干しておいた木天蓼は片付けられている。

「そうか。猫を預かることになったので片付けたのだな。だが、そうなると、この神社でも木天蓼を干せなくなってしまったか」

「いや、そちらは大事ない」

竜晴は淡々と言った。

「木天蓼を片付けたのは日が陰ったからだ。ちなみに、この猫には特別な呪をかけたゆえ、少なくともこの社の中で木天蓼に酔うことはもうあるまい」

「おお、そんな呪をかけることもできるのか」

泰山は感心して声を上げた。

「ならば、木天蓼はここで干させてもらってかまわないのか」

「ああ。それから、玉水が木天蓼の世話を手伝いたいそうだ。朝晩の出し入れや急な雨降りの片付けなどは任せてもよいと思うが、どうだろうか」

竜晴がそう言った時には、申し合わせたように玉水がその傍らに来ていて、うんうんとうなずいてみせる。

「それはありがたい」

泰山が玉水に目を向けて礼を言うと、

「はい。ええと、お医者の先生さま」

玉水が返事をした。美しく澄んだ声をしているのだが、どうも言葉遣いがおかしい。それも、本人がきちんとしゃべろうと思う余り、いっそうおかしくなっているふうに聞こえるのだ。

「いや、そのう、私のことは泰山と呼んでくれればいい。『先生』や『さま』を付けたいなら、そのどちらかを下に付けるのがふつうだが、付けなくてもいい」

「そうなんですか。それじゃ、泰山先生」

「うんうん」

ようやく落ち着いて聞いていられると、にこにこしていたら、

「木天蓼のことはお任せください。それから、この子の名前はおいちです」

いきなり話が飛んだので、泰山は一瞬戸惑った。

「ああ、この猫の名前か。ほう、おいちというのか」

猫がみゃあと鳴く。

「よい名だ。ところで、預かった猫なら、いずれは元の飼い主のところへ返すのか」

「そういうことになる」

と、竜晴が答える。

「あまり居心地がよすぎて、帰るのが嫌にならねばいいが……。それにしても、こんなに小さいと放っておけないだろう」

泰山が目を細めて子猫のおいちを見つめながら言うと、

「はい。目いっぱいかわいがります」

と、玉水が張り切って答えた。

「竜晴もかわいいと思うだろう?」

泰山が竜晴に目を向けると、竜晴は「かわいい?」と首をかしげた。

「ふうむ、放っておくことに不安を覚えはするが……。かわいいとはそういうことなのか」

と、大真面目な顔で泰山に訊き返す。

「放っておけず手をかけてやりたい、と思うのだろう。それは相手をかわいい、いじらしいと思っているということだ」

「なるほど」

竜晴は納得した様子でうなずいたものの、真面目な顔つきのまま言葉を続けた。

「しかし、手をかければよいというものではない。私が目指すのは、このおいちに独り立ちできる力を備えさせることだ。だから、玉水、お前もそのつもりでな」

「はい、宮司さま」

疑問など一片も持たぬ様子で従順にうなずく玉水を見るうち、泰山の口はひとりでに動き出した。

「おいおい、竜晴。お前の言うことには一理ある。いや、まったく正しいと言うべきなんだが、幼きもの、弱きものを慈(いつく)しむ気持ちも大切なものだ。玉水がそういう気持ちを持ったなら、それはちゃんと認めてやって、育(はぐく)んでやるべきだ」

「ふうむ。お前はまるで玉水の親か師匠のようなことを言う」

竜晴は感心しているのか、あきれているのか、つかみどころのない物言いをする。

泰山はどう応じればよいか戸惑いつつ、

「まあ、花枝殿や大輔殿だって、この神社には来るだろう。おいちをかわいがろうとするかもしれないが、その気持ちをあまり無下にはするなよ」

とだけ告げた。

「ふむ。よく覚えておこう」

竜晴はうなずくと、猫のおいちを玉水の方へと差し向けた。玉水は両手で子猫を受け取ると、腕の中で抱えるようにした。大事そうに子猫を見つめる玉水を見ながら、「まあ心配するには及ばないか」と、泰山はひそかに呟いていた。


「竜晴さまあ」

と、小鳥神社の入り口から元気のいい声が上がったのは、翌日の昼前のことである。朝方に立ち寄った泰山が畑仕事を終え、木天蓼を干す準備も調え、往診に出かけた後のことであった。

玄関ではなく庭先へ現れたのは、大和屋という旅籠の家の息子で、この神社の氏子でもある大輔だ。いつものように、姉の花枝が付き添っている。

「あ、花枝さんに大輔さん」

おいちを抱いた玉水が縁側に出て挨拶した。

「あら、玉水ちゃん」

花枝は明るい声を上げたが、玉水の後ろに立つ竜晴に気づくなり、

「宮司さま、ご機嫌よう」

と、ひときわ華やいだ声を出し、顔を輝かせた。

「花枝殿に大輔殿。ようこそお越しくださいました」

と、竜晴はいつも通りに応じる。大輔はといえば、二人への挨拶もそっちのけで、

「それが噂に聞く猫のおいちってやつだな」

と、早くもおいちに興味津々であった。

「こ、この子、誰でしゅか。いちをいじめる？」

おいちの慌てふためいた声は、竜晴や玉水にはちゃんと届いていたが、花枝と大輔の耳にはにゃあにゃあとしか聞こえない。昂奮した様子は見れば分かるが、喜んでいるか怖がっているかは見る者の勝手次第である。

「お、姉ちゃん。こいつ、俺たちのこと、歓迎してくれてるぜ」

「本当ね。かわいいこと」

大輔も花枝も、まさか自分たちがおいちから怖がられているとは、思っていないようだ。

「えー、花枝殿に大輔殿。こちらの猫はおいちと申します。初顔合わせゆえ、お二人もおいちにご挨拶してくださるとありがたいのですが……」

竜晴が言うと、花枝と大輔は顔を見合わせた。それから、互いにうなずき合うと、

「な、何だか猫を相手に挨拶したことなんてないから、緊張しちまうけど」

と、言いつつ、まずは大輔がおいちに顔を近付ける。

「みゃーっ」

怖がって暴れるおいちを取り落とすまいと、玉水が腕にぎゅっと力をこめる。それでおいちがさらに脅え、大輔の緊張もいっそう高まる。その場がてんやわんやの趣（おもむき）となりかけたその時、

「おいちちゃん。私は花枝といって、この子は弟の大輔よ。よろしくね」

と、花枝が大輔の傍らから、おいちの頭に手を差し伸べて言った。

「お、おう。よろしくな、おいち」

先を越された大輔も笑顔になって言う。おいちはぴたっとおとなしくなった。

「この人たち、怖くないでしゅか」

花枝と大輔には伝わらぬおいちの問いかけに、「大丈夫だよ、おいちちゃん。花枝さんも大輔さんも怖くないからね」と玉水が答えた。その言葉自体は不自然でなかったため、花枝も大輔も変には思わなかったようだ。

「あ、ほら、大輔。あれを出しなさいよ」

花枝が大事なことを忘れていたという様子で言い出した。「おお、そうだ」と大輔が慌てて腰に手をやる。竜晴が目を向けると、大輔の紺色の帯のところに、とある草が一本、結び付けられていた。大輔はそれを外すと、端の方を持った。

「それ、何ですか」

玉水が興味津々という様子で言う。それは六、七寸ほどの草の茎で、細長い葉がついており、先にはふさふさした感じの実がついていた。

「これは、猫戯（ねこじゃ）らしだよ」

大輔が上下に軽く振りながら答える。

「どこにでも生えてるんだけどさ、稲の仲間なんだって。さっき、泰山先生から教わったんだ」

「じゃあ、それも食べられるんですか」

舌なめずりでもしそうな目つきになって、玉水が問う。本来は稲荷神と縁の深い気狐であるから、米は大好物なのだ。

「食べられないことはないそうだけれど、お米のようにおいしいわけではないらしいわ。飢饉の時などには、お米の代わりに食べることもあるんですって」

花枝の言葉に、玉水が「そうなんですか、ちっとも知りませんでした」と感心する。

「花枝殿は物知りなのですね」

と、竜晴も続けて言うと、花枝は急に顔を赤らめた。

「いえ、ついさっき、泰山先生から教えていただいたばかりなんです」

と、恥ずかしそうに言い添える。

「その時、この草を狗尾草と呼ぶことも教わりました。犬の尻尾の草と書くそうですね」

「そうでしたか。さすがに泰山は草木のことをよく知っている」

「でもさ、同じ草なのに、猫とか犬とか分かりにくいと思うんだけど、どうして別々の呼び名があるんだろ」

大輔が首をかしげた。

「そうだな。私もくわしいことは言えないのだが、狗尾草の方が古い呼び名なのだと思う。元は『えのこ草』とも言ったらしい。古い歌にもそうある」

竜晴はそう言って、一首の歌を口ずさんだ。

ゑのこ草おのがころころほに出でて　秋おく露のたまやどるらん

「『ころころ』って何だかかわいい歌だね。言ってることはよく分かんないけど」

「狗尾草がひとりでにころころした花穂をつけ、そこに白玉のような秋の露が宿っている――というような意であろう。四百年ほど前の歌だが、その頃はえのこ草と言っていたようだ。『えのこ』も『えのころ』も犬の子供、子犬のことを言う」

「へえ。子犬の草ってことか。あれ、でもそれじゃあ、尻尾が名前のどこにも入ってないぞ」

大輔がさも大事なことを発見したかのように、大きな声を出した。

「犬の尾の草と書いて『えのころぐさ』なのですよね。ならば、『えのころ』が犬の尻尾という意なのではありませんか」

花枝も首をかしげている。

「いえ、『えのころ』は子犬の意でしょう。もともと『子犬の草』と呼ばれていた草の花穂が犬の尻尾に見えるので、音は残したまま、漢字で犬の尾の草と書くようになったのではないでしょうか」

「それがどうして、猫戯らしになったのかな」

と、大輔がさらに竜晴に問う。竜晴は大輔に目を向けて答えた。

「犬も猫も古くから人に飼われていたが、そうはいっても、身分と金のある家だけのことだ。時が経つにつれ、猫を飼う家も増え、我々も身近に見るようになった。その頃、この草に猫が戯れるのを見た誰かが、猫戯らしと呼び、徐々に広まっていったのだろう」

「そうかあ。犬の尻尾に、戯れる猫——まあ、どっちでもいいか。それより、この草、本当に猫を喜ばせるのかな」

大輔の関心は、猫戯らしの草の効き目の方へ移ったようであった。

「ほれ、ほうれ。どうだ、おいち。猫戯らしだぞ」

大輔は猫戯らしの花穂をおいちの目の前に垂らして、上下左右に揺らして見せる。おいちの深緑色の目がその動きに合わせて、動き出した。目の光の輝きから、その真剣さが伝わってくる。

茎の先に付いた花穂は楕円形で、その重みに耐えかねたようにうつむいていた。花穂は葉の色と同じ緑色をしており、その周りには針のような薄緑の毛がふんだんに付いている。全体が緑色なので、見ようによっては毛虫のように見えなくもない。

おいちはその生き物のように動く狗尾草の花穂を、じいっと見つめていた。大輔の手の動きはめちゃくちゃで、次にどこへいくか予測などできないのだが、おいちの目はその動きをしっかり追いかけている。

「そうれ、どうだ。おいち」

調子に乗った大輔は、狗尾草の穂で大きな半円を描くように、体ごと移動した。縁側の近くから庭の方へ向かって大輔の体が動いたその時、おいちもまた、玉水の腕の中から飛び出した。

　前脚を突き出した格好で宙を飛ぶその姿もまた、狗尾草の穂の動きに合わせて、半円を描いている。

「わわ、こいつ。急にどうした」

　まさか跳びかかられるとは思っていなかったのだろう、大輔の方が慌てている。体勢を崩し、よろめきながら尻餅をついた大輔の体の上に、おいちがひらりと跳び移った。その前脚は狗尾草の花穂をとらえている。

「あ、こいつ。穂をぐしゃぐしゃにしちまいやがって」

　大輔が情けない声を上げ、「まったくもう」と花枝があきれた声を上げる。一瞬遅れて、玉水が笑い声を立てた。

「おい、おいち。それ、食べるんじゃねえぞ。いや、食べられるもんらしいけど、そのままじゃ食えないからな」

　大輔がおいちの体を両手で抱え上げて言う。

「いちはお腹は空きません。もっと遊んでくだしゃい」

　おいちは言ったが、大輔にその言葉が通じることはなかった。

二

次はもっとたくさん狗尾草を摘んでくると言い置いて、花枝と大輔が帰っていった後、白蛇の抜丸が縁の下からするすると姿を現した。

「あれ、抜丸さん。薬草畑の見回りですか」

抜丸にいち早く気づいた玉水が問う。

「それもあるが、今は一大事だ」

抜丸がもったいぶった様子で告げる。それを聞きつけたのか、小烏丸も縁側へ舞い降りてきた。

「一大事とはどういうことだ」

付喪神の特別な力で、離れた木の枝からでも抜丸の言葉を聞き取っていたらしい。

「お前などにはしゃべっていない」

抜丸は小烏丸に冷たい態度を取った。一方、縁側に留まっていた竜晴が、

「何が一大事なのだ」

と尋ねると、抜丸は嬉しそうに身をくねらせながら語り出した。

「実は、おいちの抱えている悩みを解く策を思いついたのでございます」

「いちは悩んでないでしゅ」

再び玉水の腕の中に収まっていたおいちがすかさず言った。

「生意気を言うんじゃない」

抜丸がおいちを叱りつける。

「お前はまだこの世の道理を弁えぬ子供だろう。年長者の言うことにはしっかり耳を傾けるものだ」

「ふむふむ。我などは賢者とされるカラスの姿を得た付喪神ゆえ、生まれた時からすでに博識であった。しかし、おぬしは浅知恵しか持たぬ猫なぞになってしまったのだからして」

小烏丸が抜丸に負けず劣らず、もったいぶった様子で語ると、「くだらないことを言うな」と抜丸が一喝した。

「くだらないとは何だ」

「記憶を失くしたお前が、生まれた時から博識だったかどうかなど、覚えているはずなかろう。もしかしたら、このおいち以上に愚か者だったかもしれぬ」

「そんなことがあるものか。我は生まれる前から、ご主人の考えを読むことができた」

「何だと」

小烏丸が声に激しい怒りを滲(にじ)ませて言い返す。その言葉に、
と、竜晴と抜丸が同時に息を呑んだ。

「まさか、お前、記憶を取り戻したのか」

竜晴がいつになく緊張した声で問う。しかし、

「いや、それは……戻っていない」

小烏丸は悲しげな様子で答えた。

「たった今、自信ありげに主人の考えを読むと言ったではないか。そう考える手掛かりをつかんだのではないか」

「いや、そういうわけでもない」

「ならば、何ゆえああもはっきり物申したのだ」

と、竜晴に代わって、抜丸が問いただした。

「それは、自信があったからに他ならぬ。我が生まれた時から賢者であったという自信がな」

抜丸に対しては、実に堂々と小烏丸は答える。抜丸は大きく息を漏らすなり、竜晴の方へ体ごと向き直ると、

「こやつめの下らぬ話で、時を無駄にしてしまいました。まったく申し訳ありません」

と、もたげていた鎌首を地面まで下げて謝った。

「まあ、いい。取りあえず話を戻そう。お前が一大事と言っていたのは何のことだ」

竜晴も気を取り直すと、抜丸との話を進める。

「はい。おいちは本体の刀へ戻ることができませんでした。私も教えてやれませんでしたし、いまだに戻ることができておりません」

「あ、そうでした」

と、思い出したように、おいちが呟く。しかし、今の今まで忘れていたのだから、本体へ戻れないことを思い悩んではいなかったようだ。いくら本体が近くにあるか

らといって、生まれたての付喪神が長い間、外に姿を現していて大丈夫なのか。そのあたりは竜晴も分からず、抜丸に訊いても、あまりに昔のことすぎて、よく覚えていないという。

だが、そんな竜晴たちの心配をよそに、昨晩のおいちは子猫の姿のまま、竜晴の部屋で他の皆と一緒に寝た。起きた後も特に具合が悪いようには見えず、今に至っている。

「おいちを本体に戻すやり方が分かったのか」

竜晴の問いかけに、抜丸は鎌首をにゅっともたげた。

「まだうまくいくとは言い切れないのですが、ひとまず、私を人型にしていただけますでしょうか」

抜丸の言葉に「分かった」と答え、竜晴はすぐに印を結んだ。

彼、汝となり、汝、彼となる。彼我の形に区別無く、彼我の知恵に差無し
オンバザラ、アラタンノウ、オンタラクソワカ

　竜晴が抜丸に向けて呪を唱えると同時に、白い霧のようなものが地面に漂い始め、抜丸の姿を包んでしまう。やがて、霧が晴れたその場所に現れたのは、いつもの水干姿になった人型の抜丸であった。

「竜晴、なあなあ、我も人の姿にしてくれ」

　小烏丸がばたばたと羽を動かしながら言う。人型になってするべきことがあるというより、抜丸への対抗心からだろう。それは分かっていたが、竜晴が言う通りにしてやると、

「えー、宮司しゃま。いちも同じの、してくだしゃい」

　と、今度はおいちが言い出した。見れば、深緑色の目がきらきらと輝いている。おいちは抜丸や小烏丸の人型は見ていたが、白蛇やカラスから変身する瞬間に立ち会ったのはこれが初めてだった。二柱にできることなら、自分にもできると思ったようだ。しかし、

「お前はならぬ」

　と、竜晴はすぐに告げた。

「どうしてでしゅか」

おいちの大きな目が潤み出したが、それで竜晴の考えが変わることはない。

「まだ本体へ戻れぬお前に、この呪法を施してよいものか、私には分からぬ。万一のことがあって、本体に傷みでも生じればどうする。持ち主は御三家の尾張大納言家。容易く言い逃れできるような相手ではない」

滔々と語る竜晴の言葉がおいちにしっかり伝わったかどうかは不明だが、おいちは目を潤ませたまま、もうしゃべりかけてはこなかった。

その頃、人型になった抜丸はすでに庭先から姿を消していた。小烏丸もいなくなっているところを見ると、抜丸について行ったのかもしれない。

しばらくすると、二柱が駆け戻ってきた。抜丸の手には数本の狗尾草が握られている。

人型の抜丸たちは、泰山や花枝たちといったふつうの人の目には見えない。だから、今の状況は彼らの目には、狗尾草が空中に浮き上がり、ひとりでに動いていると見えるはずだ。

「お前たち、外で人目に触れてはいないだろうな」

竜晴は念のために尋ねた。

「あ、はい。それは大丈夫です。草を取る時には人目がないのを確かめましたし、第一、遠くには行っていません。この草は鳥居を出たすぐの道端に生えていましたから」

と、抜丸が答えた。

「その草で何をするつもりだ」

「猫戯らしと呼ばれるように、この草は猫を操るのによい草のようです。猫の姿をしたおいちにも効き目があることが、先の様子で分かりました。ですから」

「なるほど」

と、抜丸の言わんとするところを察し、竜晴は相槌（あいづち）を打つ。

「つまり、この草を使って、本体に跳びかからせるということだな」

「はい。うまくいくかどうかは、やってみなければ分かりませんが」

本体に入る時の感覚はその中に飛び込むようなものであり、先ほど狗尾草の花穂を追いかけて大輔に跳びかかったおいちの様子は、それに近いものに見えたという。

それならば、うまくいくかもしれないと、竜晴も思った。

話の中身をよく理解していないようなおいちに、くわしいことは語らず、まずは抜丸が狗尾草を持って庭を走り回り、おいちの気を引く。庭で好きにしていいと言われたおいちは、喜んで抜丸の持つ狗尾草の花穂を追いかけ回した。

「私にもやらせてくださいよう」

と、玉水が言うので、抜丸は玉水にも狗尾草を一本渡してやった。抜丸と玉水が走り回る姿に、

「楽しそうだな。ならば、我も――」

と、言い出しかけた小烏丸に、竜晴は「待て」と声をかけた。

「お前まであの中に入ってどうする」

「んん？　どういうことだ、竜晴」

「お前は南泉一文字の本体をここへ持ってくるのだ。場所は分かっているだろう」

「ああ。竜晴の部屋に安置してあるやつだな」

小烏丸はうなずき、それから上機嫌な笑みを浮かべた。

「そうか。御三家の宝物であり、おいちの命でもある名刀、南泉一文字を持ち運ぶのは、やはり我ほどの立派な付喪神でなくてはならぬということだな。あのひねくれた蛇や未熟な狐に任せるわけにはいかぬ、と」

　自分に都合よく解釈した小烏丸が、足取りも軽く奥へ向かうのを見送った後、竜晴は庭を走り回る三者に目を向けた。人の姿をした付喪神一柱に、やはり人に化けた気狐一匹、そして虎猫の姿をした付喪神一柱——奇妙といえば奇妙な光景だが、見た目は二人の子供と猫一匹が戯れているとしか見えない。

　初秋の穏やかな陽光がおいちの橙色と茶色の毛に当たり、きらきらと輝いていた。右に左にと揺れる狗尾草の花穂を追いかけ、元気よく跳ね回る子猫は仕合せそうであった。玉水は本心から楽しんでいるようだし、これを自分の役目と心得ているはずの抜丸さえ、実に楽しげに見える。

　そうこうするうち、小烏丸がいつになく生真面目な様子で、南泉一文字の入った箱を捧げ持つようにして戻ってきた。

「うむ。刀を取り出してくれ」

　竜晴の言葉に従い、小烏丸が中から打刀を取り出した。差し出されたそれを竜晴は手にすると、縁側から履物(はきもの)を履いて庭へと下りた。

　柄の部分をしかと握り締め、鞘入りのまま前方へと突き出す。

「抜丸」

と、竜晴は声をかけた。抜丸がそれを合図に狗尾草を振りながら、竜晴の方へ向かって駆けてくる。その後ろからはおいちが追ってくる。

抜丸は草を持つ手を横に付き出した格好で、竜晴の脇を走り抜けた。その瞬間、狗尾草の花穂が南泉一文字の鞘の真ん中あたりに触れ、そのまま抜丸は草から手を離した。

花穂を目当てに駆けてきたおいちは、南泉一文字の刀に向かって跳躍する。花穂が当たったのに続けて、おいちの額が鞘にぶつかる——と見えた一瞬の後、おいちの姿は消えていた。

「え、おいちちゃん？」

気の抜けたような声を上げたのは、玉水である。

抜丸はすでに足を止め、狗尾草は南泉一文字の真下に落ちていた。だが、子猫のおいちだけがいない。

「成功……だな」

竜晴が問うと、抜丸が「はい」と静かに答えた。

「おいちは本体の中へ戻った。しかし、また出てくることは出来るのか」

「中へ入ったのは今が初めてですが、出てくるのは二度目ですから大丈夫でしょう」

と、言いながら、竜晴のもとへ歩いてきた抜丸は、落ちていた狗尾草を拾うと、南泉一文字の鞘にその花穂をそっと触れさせた。それから、勢いをつけて花穂を太刀の鞘から離すと、今度はそれを追いかけてきたかのように、南泉一文字の中から子猫のおいちが現れた。

「わあっ、おいちちゃん！」

驚いた玉水が大きな声を上げる。

おいちは俊敏な動作で、しゅたっと地面に下り立った。何が起きたのか分からないという、きょとんとした顔つきをしている。

「よく戻ったな、おいち」

竜晴が声をかけると、おいちは振り返って竜晴を見上げた。

「それ、いちの本体の刀でしゅか」

「そうだ。お前はこの中に入って、それから戻ってきたのだ。どうすれば、それができるか、もう分かるな」

「あい」

おいちははっきりとした声で答えた。

「よし、ならばもう大事あるまい。力が弱ったと感じた時は本体へ戻れば、また元気になれる。そして、付喪神としてもっと成長すれば、ずっと猫の姿で暮らすこともできるし、いずれ人の姿にもしてやろう」

「あい、宮司しゃま。」

おいちは元気よく言った。いちはがんばりましゅ」そのおいちに向かって、玉水が駆け寄っていく。

「あー、おいちちゃん。無事でよかったあ」

玉水はおいちを抱え上げると、両腕でぎゅっと抱き締めた。

三

おいちが太刀の本体への出入りを成し遂げた翌日のこと。

旗本伊勢家で飼われている鷹のアサマが小鳥神社へ飛んできた。といっても、アサマは本物の鷹ではなく、古い無銘の弓矢の付喪神である。ただし、伊勢家の者たちからは鷹そのものと思われており、鷹狩りに連れられていけば獲物も狩るし、ふつうの鷹として暮らしていた。

これまで付喪神の仲間と接したことがなかったせいか、アサマは小烏丸や抜丸と一緒にいられるのが楽しくてならないらしい。そのため、一日一度空へ放ってもらえる暇を利用して、小烏神社へよく遊びに来る。連日のようにやって来ていた時もあったが、七夕の日、二尾の狐と戦ってからは養生に努めているとのことで、数日おきの訪問になっていたのだが……。

「頼もう、アサマでござる」

アサマは慣れた様子で縁側に舞い降りると、声高らかに挨拶した。

旗本家の鷹と自負しているアサマは、誰の許しもなく中へ入り込むような無作法はしない。ところが、この日はどういうわけか、竜晴に玉水、それに抜丸と小烏丸までがたまたま庭に面した部屋にいなかった。

「小烏神社の宮司殿はお留守でござるか。アサマが参ったのでござるが」

アサマは縁側からくり返したが、閉められた戸はまったく動かない。アサマは不審に思いながら、腰高障子の下の板戸の部分を嘴で突いた。

　コン、コン——アサマの立派な嘴と戸板が当たって、乾いた音を立てる。すると、部屋の中で何かの動く気配がした。ああやはり誰かいたのだと、アサマはその場でおとなしく待つ。

「……どなたでしゅか」

　続けて聞こえてきた声は、アサマの知らぬものであった。もちろん付喪神であるから、人語として聞き取れるものの、それが猫の鳴き声であることも分かる。

「おぬし、何者だ」

　アサマは急に警戒心を強め、戸の前から身を遠ざけた。そのまま様子をうかがっていると、やがて戸がほんの少しだけ開き、中から茶色い猫の前脚が現れた。猫はわずかにできた隙間に身を押し入れるようにしながら、戸を動かし、這い出てくる。隙間は五寸にも満たないほどだが、体の小さな虎猫は抜け出ることができた。

「おぬし、どうしてここにいる。それに、ただの猫ではないな」

　アサマは相手が小さな猫であると分かっても、警戒心は解かなかった。

「いちは本物の猫じゃありません。皆がそう言いました」

「いち？　ああ、おぬしの名か」

「あい。いちの名前は皆が付けてくれました」

「皆とは誰のことだ」

「ええと、宮司しゃまと小烏丸しゃんと抜丸しゃんと玉水しゃんでしゅ」

アサマのよく知る者たちの名である。ということは、このおいちという猫は新たに神社の一員に加えられた者なのかと、アサマは考えた。

それでも、やはり気は許さず、アサマはおいちを問い詰めた。

「では、その宮司殿と小烏丸殿と抜丸殿、玉水殿はどこにおわすのかな」

「ええと……」

おいちは考え込むように首をひねった後、

「宮司しゃまはお札を書くため、別のお部屋にいましゅ。抜丸しゃんと玉水しゃんはそのお手伝いでしゅ。小烏丸しゃんはお庭にいましゅ」

と、答えた。一生懸命覚えたことを口にしているという様子であった。その瞬間、アサマの全身を包んでいた緊張は一気に和らいだ。

「そうか。つまり、おぬしは皆から頼まれて、留守番をしておったのだな」

「るしゅばん？　よく分かりません」

おいちは困惑した声で言う。

「ふむ。おぬしはまだ生まれて間もない付喪神だな」

アサマはそう言いながら、おいちの方へ足を一歩踏み出した。鷹であるから、無論、アサマは鋭い爪を持っている。おいちの目がその爪の先を見るなり、突然、恐怖の色に染まった。

「い、いちのこと、それで引っ掻く？」

今にも泣き出しそうな様子で訊かれ、アサマは慌てた。

「やや、何と。いや、それがしは弱い者いじめのようなことは断じて」

懸命に言っても、おいちの脅えた目の色は変わらない。これでは、本当に弱い者いじめをしているようではないかと、アサマが怯んだその時、空から舞い降りてくる羽の音が聞こえてきて、アサマは救われたように空を見上げた。

「おお、アサマではないか。おいちと何をしている」

「小烏丸殿」

「小烏丸しゃん」

両者から救いを求める声を上げられ、小烏丸も吃驚していた。

「何があったというんだ」

「それがしはただいつものように、御機嫌伺いのために立ち寄っただけだ。そうしたら、誰もおらず、このいちと名乗る者が……」

　アサマがいつもの落ち着きはどこへやら、焦（あせ）った口ぶりで小烏丸に訴える。

「ああ。おぬしはおいちを見るのは初めてだったな。しばらくうちで預かることになった付喪神の子供だ。まだ赤ん坊のようなもののゆえ、何ごとも我が導いてやらねばと思うておる」

　小烏丸が胸を張った時、

「どうして、お庭にいてくれなかったんでしゅか。いるって言ってたのに……」

　と、おいちが恨めしそうに訴えた。

「ああ。そのつもりであったが、暇を持て余したのでな。ちと上野の森まで羽休めに」

「ん？　羽休めとはおかしくないか。そもそも上野の森まで飛んでいくのに、羽を動かすのだからして」

　小烏丸の言葉の矛盾を、アサマが取り上げる。

「まあ、細かいことはよいではないか。おいちよ、おぬしが外で遊ぶというのなら、我としても相手をしてやらぬでもなかったのだ。だが、おぬしは眠いだの、あったかいところで丸くなりたいだのと言い、部屋の中へ引きこもってしまった」

「小烏丸しゃんが近くにいてくれるから、安心してお休みできるんでしゅ。それなのに……」

小烏丸の言い分に対し、おいちはべそを掻きながら抗議する。

「やや、そうか。我がいればこそ、か。確かにその通りだ。我が迂闊（うかつ）であった」

小烏丸にしてはめずらしく、素直に非を認め、申し訳なさそうな表情を浮かべた。

「それで、おいちはなぜにこうも脅えているのだ。おぬし、おいちに何をした」

急においちの庇護者（ひごしゃ）である自覚に目覚めたものか、小烏丸がアサマに問いただすような目を向ける。

「何と、それがしは何もしておらぬ。おいち殿が勘違いをしたのだ。それがしの爪を見て、引っ掻かれるのではないかと思ったらしい」

アサマは慌てて言い訳したが、「おいちは我の爪を見ても、脅えたことなど一度もないのだぞ」と小烏丸が言い返す。鷹の爪とカラスの爪ではわけが違う――と言いそうになったものの、アサマはかろうじてこらえた。

「何をくだらぬ話し合いをしている」

と、そこへ現れたのは、人型の抜丸であった。竜晴と玉水の姿もある。

おいちはすかさず竜晴に跳びついていった。ところが、竜晴はおいちを抱え上げるも、すぐに傍らの玉水に託してしまう。

「まあ、まずはアサマに中へ入ってもらうのがよかろう」

という竜晴の言葉で、ようやくアサマは部屋の中へ招き入れられた。小烏丸も続けて中へ入ってきて、小烏神社の住人総出の席となる。そこで、アサマは竜晴の口から、おいちが神社で暮らすことになった経緯を聞いた。

「なるほど。おいち殿は尾張家所有の刀の付喪神であられたか」

言葉遣いも丁重(ていちょう)に、アサマは言った。

「してみると、旗本伊勢家の所有になる我よりも、持ち主の格では上ということになる」

「持ち主の身分や格など、我々には関わりなかろう」

小烏丸が言うと、「それは無論」とアサマはすぐに応じた。

「しかし、同じ武家の屋敷に置かれる物として、おいち殿には近しいものを感じる。おいち殿はこれより先、どうやって暮らしていくつもりであるのかな」

アサマが目を向けて尋ねると、おいちは不思議そうな顔をした。まだアサマに慣れ親しんだわけではないが、とりあえずその爪に脅える必要のないことだけは教え込まれ、理解したらしい。玉水の腕の中に抱えられたまま、

「どういうことでしゅか」

と、おいちは訊き返した。

「つまり、おぬしの本体はこれまでと変わらず、尾張家のどこぞに安置されるのだろうが、付喪神のおぬしは人の目に見えるものとなった。おぬしのご主人とて、猫のおぬしを見ることができる。つまり、猫として暮らしていくことができるわけだ。無論、時折は本体に戻らねばならぬが、そんなことは容易い。おぬしは尾張家の飼い猫になるつもりなのか」

と、アサマは言う。

「尾張家……」

おいちは少し茫然(ぼうぜん)とした様子で呟いた。

「おいち。お前、本体の持ち主のことや、その屋敷のことが分からないのか」

竜晴が尋ねると、おいちは顔を上げ、「それは分かりましゅ」と答えた。

「いちは宮司しゃまがご主人かと思ったけど、それは違うって言われて、思い出しました。いちになる前のこともちょっと分かりましゅ。ご主人しゃまのことや広いお屋敷のことも……」

「いずれお前は本体の刀と一緒に尾張家へ戻ることになる。その後、刀の中に身を潜めて、付喪神の姿を隠し続けるか、あるいは堂々と姿を見せて猫と認めてもらうか。ここは考えどころだぞ」

竜晴の言葉を受けて、アサマがさらに言う。

「人からあまり好かれぬ形(なり)の付喪神となることもある。その場合は、姿を見せぬ方がよいだろうが……」

その時、アサマがちらと小烏丸と抜丸の方を見たことに竜晴は気づいたが、二柱が気づかなかったようなので、竜晴も知らぬふりをする。

「幸い、おぬしは猫となった。猫は人がかわいがる生き物ゆえ、飼いたいと言う者も出てくるだろう」

屋敷の主人でなくとも、その身内や家来まで含めれば、猫好きな者はきっといる。その中に、おいちを飼いたいと言い出す者がいれば、ふだんは猫として暮らしつつ、本体の近くに居続けることが叶う（かな）のだと、アサマは説明した。

「うまい具合に、主人の尾張大納言殿がおぬしを飼いたいと言ってくれれば、申し分ないがな」

と、最後にアサマは付け加える。

「いちを飼う……？」

おいちは先ほどと同じように、茫然とした口調で言う。

「それって、いちはここにいられないってことでしゅか」

おいちは今初めてそのことに気づいたという様子で、不意に切実な声を出した。

小烏丸と抜丸、それに玉水が互いに顔を見合わせた。皆は、おいちがいずれ尾張家へ返されることを分かっている。おいち自身も分かっていないはずはないと、竜晴は思う。実際、おいちはたった今、尾張大納言が主人であることも、その屋敷のことも分かると自分で言った。

ならば、いずれはそこへ帰らねばならぬことも分かっているはずだ。

だが、この時、小烏丸と抜丸、玉水はおいちに何も言わなかった。きまり悪そうな顔を見合わせるだけで、最後にはそろって救いを求めるような眼差しを、竜晴の方へ向ける。

「おいちよ」

竜晴は皆の困惑を引き受ける形で、口を開いた。

「あい」

「お前の本体は尾張大納言さまの持ち物だ。ゆえに、今はこの社で預かっているが、お返しするのが道理である。そのことは分かるな」

「あい」

「お前は南泉一文字の刀の付喪神だ。そして、付喪神は本体を離れては生きることができない。もちろん、すぐに魂を失くすわけではないが、徐々に弱ってきて、そのうち、本体そのものに傷みが生じたり、ものによっては壊れたりする。無論、本体が壊れてしまえば、付喪神も生きられなくなる。付喪神が本体を離れられないというのはそういうことだ」

「………」

「南泉一文字は尾張家へお返しせねばならない。ならば、お前も尾張家へ帰るのが筋だ。私の言うことで分からぬことがあるか」

おいちはいつの間にかうな垂れていた。声を上げることもできぬ様子で悄然（しょうぜん）としている。

「おいちちゃん……」

玉水が痛ましげな声でその名を呼んだ。おいちは返事もしない。

「ま、まあ、竜晴。そのくらいでいいだろう。おいちに道理を説くのはまだ早いであろうし」

小烏丸がどことなく気をつかった様子で言う。

「……ふむ。付喪神として生きる術を身につけてほしい、私が思うのはただそれだけだが……」

竜晴は玉水の腕の中でうな垂れたままのおいちを見つめながら呟いた。竜晴に言葉を返す者はなかった。

四章　おいちと十二匹の猫

一

　アサマがやって来たのと同じ日の夕方、往診の帰りに小鳥神社へ立ち寄った泰山は、庭先にいた玉水とおいちの姿に目を留めた。

「あ、泰山先生」

　玉水がぴょこんと頭を下げる。

「ああ、木天蓼はもう取り込んでくれたのだな。いつもありがたい」

　泰山は子供の姿をした玉水に、丁寧に礼を述べた。

「おお、おいちも元気にしていたか」

　泰山は玉水に抱かれたおいちをのぞき込み、続けて声をかける。

にゃあ――おいちは泰山を見て鳴いたが、どうも今朝見た時のような元気がない。

「どうかしたのか」

泰山はおいちの頭をそっと撫ぜながら訊いた。再びおいちが小さな声で鳴く。

「おいちちゃんは寂しいそうです」

玉水が言った。

「寂しい？」

「はい。いつかはこの社を出ていかなくちゃいけないけど、それが寂しいんですって」

「お前はまるで、おいちの言うことが分かるみたいだな」

泰山が驚いて言うと、玉水は少し気まずそうな表情になり、「ええと……」とごまかすように目をそらす。分かったふうな口を利いたことを指摘され、きまり悪くなったのだろうと、泰山は考えた。

「別に咎めたわけじゃない。いつも一緒にいて、おいちを誰よりもかわいがっているお前なら、その気持ちが分かっても不思議じゃないさ」

泰山が優しく言うと、玉水は顔を上げ、素直な笑顔を見せた。

「で、おいちは寂しいのか。確かに竜晴は預かったと言っていたから、いつかは飼い主のもとへ返されるのだろうが、お前たちに懐いてしまったから、別れがつらくなってしまったのだな」

泰山はよしよしと、おいちの顎に手をやった。おいちがごろごろと気持ちよさそうな声を出す。

「泰山先生は優しいですね、って言ってます」

「そうか」

喜びに顔を綻ばせたものの、照れくさくなった泰山は「おお、そうだ」と声を上げ、薬箱に括り付けておいた狗尾草を取り出した。

「大輔殿の話では、おいちはこれがすっかり気に入ったらしいな」

「はい。大輔さんが持ってきた草はぼろぼろになってしまったので、その後、近くに生えてたこの草を摘んできて、おいちちゃんと一緒に遊びました」

「猫戯らしとはよく言ったものだ。ほうれ、おいち」

泰山は狗尾草の花穂の部分を、おいちの前で振ってみせた。おいちはみゃあと鳴きながら、それを捕らえようと前脚を出す。

「やっぱり嬉しそうです」

玉水は自分まで嬉しそうな声になって言った。それから、花穂を捕らえようと懸命に身を乗り出すおいちを、玉水は地面に下ろした。泰山が狗尾草を振りながら軽く駆けると、おいちは元気よく追いかけ始める。

「おいちちゃん、頑張れ」

玉水が手を叩きながら応援する。それにつられたのか、庭木にとまっていたカラスがカアと鳴いた。

しばらくの間、泰山は庭を駆け回っていたが、すぐに息が切れ、縁側に座り込んだ。

「ああ、近頃は走っていないせいか、すぐに息が切れる」

泰山は肩で息をしながら呟いた。縁側に座った泰山を追って、おいちも縁側に駆け上がる。

おいちは遠慮なく泰山の体に這い上がり、なおも狗尾草の花穂に手をかけようとした。

「おお、まだ遊び足りないか。そうだよなあ」

と言いながら、泰山は自分の脇で狗尾草を振ってみせる。おいちはそれにつられて泰山の体から下りると、縁側に仰向けになり、狗尾草に戯れ始めた。

すると、玉水がおいちを間に挟む形で縁側に腰かけ、

「おいちちゃん、元気になってよかったです」

と、ほっとした様子を見せた。

「そんなにおいちのことを気遣ってやれるとは、お前は本当に優しい子なのだな、玉水」

と、泰山は狗尾草を振り続けながら、目だけ玉水に向けて言った。

「おいちちゃんは宮司さまのことが大好きなんですけれど、宮司さまは泰山先生みたいに遊んでくれたり、あやしてくれたりしませんから。おいちちゃんはそのことも寂しいのかもしれません。そうは言いませんけど」

まるでそれ以外のことは、おいちが「言った」みたいな物言いである。だが、竜晴の話によれば、玉水は狐に育てられたとかいう変わり者の子供である。あまり問い詰めるのもかわいそうだと、泰山は黙っておくことにした。

「竜晴が遊んだりあやしたりしないからといって、優しくないということではないと思うぞ」

「はい。それはそうなのかもしれませんけど……」

「おいちだって、遊んだりあやしたりしてくれなくても、竜晴を好きになったのは、その優しさを察したからだろう」

そうは言いながらも、猫がそこまで人の本性を見抜くだろうかと、泰山は疑問に思った。だとしたら、人より鋭い洞察力を持つことになってしまう。いや、さまざまなもので目を曇らされている人より、猫の方が鋭くても不思議はないのか。

そんなことを考え始めたものの答えは出ない。泰山は考えるのをやめ、ふと思いついたように尋ねてみた。

「ところで、おいちには飼い主がいるのだろうが、その飼い主には懐いていないのか」

「ええと、生まれた時に飼い主さんはそばにはいなかったんだと思います。でも、竜晴さまはおいちちゃんが生まれた時、そばにいて……」

「ははあ。それでは、生まれてすぐに目にしたのが竜晴だったというわけか」

「たぶん、そうなんだと思います」

「まあ、母猫はそばにいたのだろうから、親を間違えることはなかったろうが、中には生まれて最初に見たものを親と思い込む生き物がいるらしい」

「生まれて最初に……」

「そうだ。鳥の仲間にそういう傾向があるらしい。これは親の方も勘違いをするのだが、自分の巣に別の鳥の卵が紛れ込んでいても、その卵から生まれた雛を我が子として育てる。もちろん、雛の方も餌をくれる鳥を親だと思い込む」

「猫もそうなんですか」

「いや、猫は母親から生まれるから、鳥のような勘違いはしないだろうが、どんな生き物でも長く一緒にいるものに懐くだろう。特に生まれてすぐ目にした相手と長く一緒にいれば、その相手に親しみを持つのは当たり前だ」

「それで、おいちちゃんは飼い主さんより、宮司さまの方に懐いてるんですね」

「うむ。私としては、おいちが竜晴に懐いてくれるのは嬉しいが、もしかしたら、おいちは竜晴より玉水、お前と離れることが寂しいのかもしれないぞ」

　その時、おいちがみゃあと鳴いた。

「私と離れるのも寂しいけれど、やっぱり宮司さまや、こが……、あ、いえ、泰山先生と離れるのも寂しいと言っています」

「そうか。私のこともそのように言ってくれるのはありがたい」

泰山はおいちの頭を優しく撫ぜた。

「確かに、この社は竜晴とお前の二人住まいだが、花枝殿、大輔殿、私も立ち寄る。我々皆と離れるのが、おいちは寂しくなってしまったのかもしれないな」

しみじみとした声で言いつつも、泰山は気持ちを切り替えて立ち上がった。

「しかし、飼い主とておいちをかわいがってくれるだろう。初めは寂しくとも、そちらでの暮らしが始まれば、それはそれで何とかなる。人でも猫でもそういうものだ」

「……そうなんですか」

玉水の物言いは、すっかり納得したというふうではない。

「お前ももっと年を取れば分かるさ。まあ、それまでは悔いのないように、おいちをかわいがってやればいい」

その考えには大いに納得したという様子で、玉水は「はい、そうします」と大きな声で応じた。

「じゃあ、私はこれで失礼する。木天蓼は取り込んでくれたし、畑の水やりもお前がしてくれたようだしな」

「あ、それは……」

玉水が何か言いかけて、不意に口を閉ざしたが、泰山は気にしなかった。

「宮司さまにはお会いしていかないんですか」

ごまかすように、玉水が問う。

「ああ。今日は特に話すこともない。おうい、竜晴。そこにいるなら帰るぞ」

泰山は縁側に座ったまま、閉ざされた戸の向こうに向かって声を張り上げた。

「ああ。気をつけてな」

返事はすぐにあった。そこにいたのであれば、泰山と玉水の会話も大方聞こえていたのだろう。

だが、竜晴自身が必要と判断した時を除いては、特に声をかけてはこない。それはそれで、気軽に思う時もあれば、少し物足りなく思う時もある。

だが、そうやって竜晴との付き合いを重ねてきたのだなと思えば、相手のありのままの姿を受け容れることができた。

玉水も竜晴との時を重ねていくにつれ、そうなっていくのだろうと思う。だが、猫のおいちとはそうなる前に別れの時が来てしまいそうだ。

（お前が本当に、竜晴からかまってもらえないのを寂しいと思っているのなら……）

泰山はおいちの頭を再び撫ぜた。おいちが動くのをやめ、泰山の目をじいっと見つめてくる。

（その気持ちが、私には少しだけ分かるような気もする）

だが、人というものは態度に表す親切だけが優しさというわけではない。目に映るものだけが真実というわけでもない。

竜晴はふつうの人より多くのことを知り、より深い真実を見抜いてしまうがゆえに、場合によっては冷たく見えたり、誤解を受けたりするのだ。自分も誤解しそうになったことがあった。

だが、竜晴は本当は優しい男だ。困っている人を見捨てることのできない、優しい心根を持っている。もしかしたら、自分ではそれに気づいていないかもしれないが……。

だから、自分はもう決して竜晴のことを誤解するまい。そばにいて、世間に誤解が生じるような時には、自分がその橋渡しをしなければならない。泰山はひそかにそう思い決めていた。

もちろん、そんなことはいちいち口にしないし、口にすれば気恥ずかしいだけのことである。

「では、また明日、邪魔をする」

とだけ言い置き、泰山は薬箱を背負って、小鳥神社を後にした。

二

あの先生はいちの味方でしゅね——おいちは夕闇の中、泰山を追いかけながら、ひそかに思いめぐらしていた。

泰山はおいちの少し先の道を、ゆっくりとした足取りで歩み続けている。後ろ姿の泰山を追いかけるのは、子猫のおいちにとって決して楽なことではなかったが、見失わないように懸命に走った。

おいちは玉水が言うように、竜晴のことが好きだった。優しくされたという覚えはない。甘やかしてくれたことはまったくない。

玉水や花枝や大輔、それにいつも威張っている小烏丸や抜丸でさえ、おいちを甘やかしてくれた。頭や顎を撫でたり、おいちの気に入ることをして喜ばせようとしてくれた。そういう態度は自然とおいちにも伝わってくる。

だから、そういう傾向の強い泰山がいざという時、自分の味方をしてくれるということが、おいちにはよく分かった。

一方、竜晴にはおいちを喜ばせたいという気持ちはまったくなさそうだった。おいちに対して笑顔を向けることもない。もっとも、誰に対してもめったに笑顔など見せないようだとは、なんとなくおいちにも理解できていた。

竜晴はおいちに「独り立ちできるようになってほしい」と言う。その言葉の意味はちゃんと分かるが、なぜ独り立ちを望まれるのか、おいちにはよく分からなかった。

別に、独り立ちなどできなくたってかまわない。

竜晴や小烏丸、抜丸に玉水が一緒にいてくれれば、皆が手を差し伸べてくれるだろう。そうやって皆に助けてもらいながら生きていく方がずっといいと、おいちは思っていた。独り立ちすることが独りぼっちになることと同じなら、独り立ちなどしたくもない。

竜晴はおいちのことを小烏神社から追い出したくて、独り立ちを望むのだろうか。だとしたら、何とかして独り立ちさせられることから逃れなくてはならない。

そのためには泰山の力を借りるしかないと、おいちは思い詰めていた。どうしてそう思うのかと考え出すと、よく分からなくなる。ただ、自分の言葉に絶対の自信を持っている竜晴がなぜかは知らぬが、泰山の言うことにだけは耳を傾けていると感じられるのだ。だから、味方に付けるのなら泰山しかいないというのが、おいちの出した結論であった。

泰山はやがて、人通りの多い道へと入った。途中で間違えて、うっかり他の人間について行ってしまわないよう、おいちは泰山の紺絣（こんがすり）の着物をしっかりと覚えている。小烏神社で遊んでいた時、泰山の着物には自分のにおいを擦（こす）りつけてあるから、万一似た着物の人間がいても大丈夫なはずだ。ただし、あまり離れるとにおいも分からなくなるので、離れすぎないよう気をつけなければ――。

しかし、幸いなことに、人通りの多い道へ来て、泰山の足取りはさらに緩やかになった。他の人が邪魔になってなかなか進めないというのではない。頻繁に顔見知りから声をかけられ、その度に立ち止まっているからだ。

「やあ、泰山先生。先日はうちのおっ母さんを診てくれてありがとうよ」

「うちの餓鬼の怪我では世話になったね」

「お蔭さまで、うちのおじいちゃん、泰山先生のお薬で起き上がれるようになりました」

というような声が次々にかけられる。

泰山が医者であることはおいちも理解していたが、どうやら泰山は人々から感謝される医者であるようだ。

(この先生は、いちだけじゃなくて、皆の味方のようでしゅね)

おいちはそう思いながら、泰山のあとを追い続けた。

人につかまってはならぬと、ひやひやし通しだったが、幸い、そういう危難には遭わずに済んだ。おいちを目に留める人間はいたものの、彼らが手を伸ばしてくる前にその場を走り抜けた。おいちがあまりに脇目も振らず走っているので、飼い主が先を歩いていると思ってもらえたのも幸いしたようだ。

泰山に気づかれたら、その足で小鳥神社に連れ戻される恐れがあったが、泰山は話しかけてくる相手への対応で精いっぱいらしく、後ろを振り返る暇はない。

そうして、おいちは迷子（まいご）になることもなく、ちゃんと泰山の家へたどり着くことができた。

ところが、泰山はおいちに気づかず、玄関口から中へ入ると、戸を閉めてしまった。戸を開けて中へ忍び込むこともできそうだが、おいちはそこで立ち止まり、改めて泰山の家を外から眺めた。

（これが、先生の家なんでしゅか。ずいぶん狭くて古そうでしゅ）

おいちはそれほど多くの家を知るわけではなかった。付喪神になる前の記憶もあるが、かつていた尾張大納言家の江戸屋敷は広壮であり、とても比べられるものではない。それ以外に知っているのは、付喪神としての生を享（う）けた寛永寺の庫裏だが、これも広い上に立派な造りであった。後は、小鳥神社へ移される時に竜晴の懐の中から目にした江戸の町並みと、小鳥神社内の竜晴の住まいだけである。

竜晴の住まいは尾張家の屋敷や寛永寺の庫裏と比べれば、やはり狭くて古かったが、そうはいっても居間の他に部屋がいくつかあり、窮屈に感じることはなかった。

だが、泰山の一軒家は竜晴の住まいの半分もなさそうである。

(先生はなかなか大変そうでしゅね)

おいちは何となくしんみりした心地になった。小鳥神社で顔を合わせた泰山は、悩みの一つもなさそうに見えたものだが、そう見せていただけなのかもしれない。

「もしかして、人は皆、そういうものなんでしゅかね」

何やら、胸のどこかがちくっと痛むような気がして、おいちは細い声で鳴いた。とはいえ、自分の声が竜晴たちを除くふつうの人の耳には、猫の鳴き声としか聞こえないことは、おいちも知っている。

だから、すっかり油断していたのだが、この時、

「何だ、お前はん。評判を聞いて、ここへ来よったか」

おいちの耳に突然、耳慣れぬ声が聞こえてきた。そちらへ目をやると、大きな三毛猫がおいちを見つめている。

「え、いちに声をかけてくれたんでしゅか」

「あん？　いち？　ああ、お前はんの名前か」

三毛猫はやはりおいちに語りかけてきた。

「あては丑丸や。何や小そうて、生きてくのがしんどそうやな。こっち来い。今晩の食いもんくらいなら、何とかしてやる」

丑丸と名乗った三毛はそう言って、おいちの先に立って歩き出す。どうやら泰山の家に沿った、人には通れない細い道を潜り抜け、家の裏側へと回るらしい。猫にとっては通れぬ隙間ではなかったので、おいちは言われるまま、丑丸という猫のあとについて行った。

　泰山の家の裏手は意外にも広々とした庭になっていた。小鳥神社ほど広くはないが、泰山の一軒家の大きさから考えると、少しそぐわないくらいに広い。

「ここはな、あんお医者はんの家の庭や。お医者はんのお父はんの代から、ここで薬草を育ててはる。あてらに言わせりゃ、腹の膨れるもんを育ててくれた方がええんやけどな。ま、それはそれで、野良犬やら野良猫やらに食い荒らされて、あんお医者はんが困ったことになるんは目に見えてる」

　丑丸は薬草畑を前に、ひとくさり説明した。

「とはいうてもな、腹が膨れるかどうかなんぞお構いなしの野良はおるさかい、お医者はんの薬草畑が荒らされんよう、あてらが見張りをしてやってる。ま、一宿一飯（ぱん）どころやない恩を受けてるさかいな」

「あのう」

　おいちは恐るおそる丑丸の顔色をうかがいながら訊いた。

「丑丸しゃんには仲間がいるんでしゅか」

「せや。仲間というても、こんお医者はんの家に集まって、飯を一緒に食らうだけの仲やけどな。ここの縁の下に住んでる猫と、余所（よそ）にいて夕飯時にやって来る猫と分かれてる。けどな、お医者はんがいつもいつも飯をくれはるよって、数も増えてしもうて困ってるのや」

「ぜんぶでどれだけいるんでしゅか」

「十二や。数は分かるか」

　何となく侮られた気がして、おいちは「分かりましゅ」とむきになって答えた。

「そんでな、際限なく増えても一匹ごとの量が減るだけやし、これ以上は仲間には加えんということで、新参者（しんざんもの）には道理を説いてお引き取り願うてるのや」

「じゃあ、いちは入れてもらえないんでしゅね」

「せやな。けど、あてらは新参者を追い立てたりはせえへん。食うもんも食えずに困ってるなら、ひとまずその日の夕飯は自分たちの分を少しずつ分けて食べさせたる。悩みごとがあるならちゃんと聞いて、皆で知恵を絞って助けたる。その上でここからはお引き取り願うというわけや。いきなり出てけ言うて、追い払うたりはせえへんさかい、安心せい」

「ええと、いちはお腹は空きません。けれど、悩みごとはありましゅ」

「腹が空かんて、えらい遠慮深い猫やな」

丑丸は感心した様子で言った。

「ええと、いちの悩みごとを聞いてもらえましゅか」

「ふむ。お前はんは悩みごとを聞いてもらいたいんやな。ほな、あてらの長（おさ）、子丸（ねまる）殿に引き合わせたる。子丸殿はあてらの中でいちばんの長老で、物知りでもあるさかい、きっとお前はんの悩みごとにもええこと言うてくれはるはずや」

「お頼み申しましゅ」

おいちは礼儀正しく言った。

「ほな、ついて来い」

丑丸は薬草畑をさらに進み、泰山の家の縁の下へ入っていった。

おいちが丑丸から、子丸をはじめとする猫たちにしっかりと引き合わせてもらったのは、皆の夕飯が終わってからのことであった。

猫たちの夕飯は、泰山が用意して、裏庭で振る舞われた。聞いたところでは、麦飯に別の穀物が混ざったものだという。その別のものとは、おいちが大好きなあの狗尾草の実を脱穀して搗(つ)いたものらしい。

「いつも少なくて済まないな。腹いっぱいにはならないだろうが、どうかこらえてくれ」

と、言いながら、泰山は十二匹の猫たちのため、それぞれの器に少しずつ飯を盛ってやっていた。そして、猫たちは先を争うこともなく、粛々(しゅくしゅく)と自分に与えられた飯を食べるのだった。

泰山の見ていないところで、猫たちは自分の分け前を差し出してくれたが、おいちは断った。付喪神のおいちは物を食べる必要がないのだが、猫たちにはそのことがよく理解できないらしい。

ただ、子丸という茶虎の老猫だけは、「ふうむ」と唸(うな)りながらおいちをじっと見つめ、それから他の猫たちに向かって告げた。

「このおいちなる者は、まことに腹が空いてはおらぬようじゃ。その理由は……おそらく、わしらとは別の生き物だからであろう」

「何と、子丸のご長老。おいちは猫ではござらぬのか」

と、おいちには名の分からぬ黒猫が訊く。

「うーむ、猫であって猫ではない。まあ、くわしいことは後ほど聞こう。いずれにしても気に病むことはない。皆はおのおのに与えられた今日の糧（かて）をしっかり食することじゃ。食べられる時に食べねば、いつ食べられなくなるか知れたものではないゆえな」

　という長老子丸の言葉に、他の猫たちは思い思いにうなずいた。

　そして、猫たちの夕飯が無事に終わってから、おいちと十二匹の猫たちは泰山の家の裏庭の隅で、改めて顔合わせをするということになったのだった。

「ここの猫どもは、この家へ立ち寄った順に、子、丑、寅（とら）、卯（う）、辰（たつ）、巳（み）……といった具合に名が付けられておる」

　十二支は分かるかと訊かれ、付喪神となる以前の知識として知っていたおいちはうなずいた。そして、長老から順に虎猫の子丸、おいちが最初に会った大きな三毛猫の丑丸、寅丸、卯丸……と引き合わされていった。先ほどの黒猫の名は亥丸であった。

「我々猫は本来この十二の干支に入るはずであった。されど、悪賢い鼠めが、神さまが決めた約束の日をわざと偽って猫に教えたそうな。我々猫が競争に加われば、鼠めが入れなくなる恐れがあるからの」

と、子丸がおいちに教えてくれる。

「でも、鼠は干支の一番目でしゅよね」

おいちが訊き返すと、子丸は「いかにも」とおもむろにうなずいた。

「鼠めはさらに悪賢い企みをしたのじゃ。さまざまな獣の中でも、特に足の遅い牛は他のものよりも早く出立いたしした。鼠はその牛の頭に乗っかって楽をしたばかりでなく、いよいよという時、牛の頭から飛び下りて、牛よりも先に到着いたしした。それで、鼠が一番、牛が二番となってしまったのじゃよ」

「そうなんでしゅか。鼠はひどい奴でしゅね」

「さよう。ゆえに、我らは鼠を見れば、追い回さずにいられぬのじゃ」

「でも、子丸しゃんの名前には『鼠』が入ってましゅけど、いいんでしゅか」

「うむ。よくぞ訊いてくれた。この名は泰山先生が付けたのだが、初めはわしもよい気はせなんだ。しかし、次々にここへ集まってくる同胞たちが干支の順番に名を付けられてゆくにつれ、誰かが鼠の名を付けられるなら、わしが引き受けるべきじゃと思うた。他の者に嫌な思いをさせるよりはその方がよい」

きっぱりと言い切る子丸の態度は、この中でいちばんの年長者である老猫の風格を感じさせた。他の猫たちは子丸の言葉に感じ入っている。

「して、丑丸から聞いたかと思うが、ここの猫は十二匹ということで、これ以上は増やすまいと我らは取り決めた。でないと、泰山先生の負担が大きくなるばかりであり、かつ我々も食い扶持が減って苦しくなるからだ。しかし、おぬしは食い扶持を求めてはおらず、悩みを打ち明けたいとのこと。見ればおぬしは小さく、この世を生きていく術も持たぬようじゃ。ゆえに、何でも話してみるがよい」

「あい。いちと言いましゅ。いちは猫に見えると思うんでしゅけど、本当は付喪神なんでしゅ」

おいちが名乗りを上げると、

「何と、付喪神であられたか」

子丸が真っ先に驚きの声を上げた。それから急においちの前で恭しく頭を下げたので、

「ど、どうしたんでしゅか、急に」

と、おいちの方も吃驚した。

「いや、ふつうの猫でないことは何とのう分かったのですが……。付喪神さまというのであれば、我らの誰よりも長くこの世に在られたお方。子猫の形をしていても、あなたさまこそ大長老と呼ぶべきお方。あなたさまの前では、我々など赤子も同じでござろう」

長老の子丸が急に恭しい態度を見せたため、他の十一匹もこれはならじと毛づくろいをし、姿勢を正して座り直しなどしている。

「そのう、あまりかしこまらないでくだしゃい。いちがこの姿になったのはほんの少し前なんでしゅ」

おいちはそう断り、付喪神として生まれてからこれまでのことを少しずつ語っていった。尾張家へは帰りたくないと思っていること、しかし、小烏神社の主人であ

る竜晴からは帰れと言われ、落ち込んでいたところを泰山に慰めてもらったことなど、すべてを話した。

「ははあ。それで、泰山先生ならば何とかしてくれるのではないかと、そのあとを追いかけてきたというわけですな」

子丸の長老が納得した様子でうなずく。

「子丸のご長老はん。うちのお医者はんは優しいお人やさかい、おいちはんの面倒を見てくれはると思います。今のお話やと、おいちはんは食い物も要らへんみたいやし、ええのと違いますやろか」

と、丑丸が言う。

「いやいや、逆に物を食わない猫だと気づかれたら、厄介なことになるのではないか」

と、黒猫の亥丸。

「ところで、泰山先生はおいち殿が付喪神だと知っているのでございますか」

子丸から訊かれ、「知らないと思いましゅ」とおいちは首を横に振る。

「ふうむ。おいち殿は小鳥神社に住まうことができないのなら、泰山先生の飼い猫にしてもらって、小烏神社へ通いながら暮らしたいとお考えなのですか」

「いちはそこまできちんと考えていなかったんでしゅけど、あの先生になら飼ってもらいたいと思いましゅ」

「しかし、本物の猫ならともかく、付喪神はんではなあ」

　丑丸が溜息交じりに言う。

「なら、いちは先生に飼ってもらわなくていいでしゅから、ここで皆しゃんの仲間になりたいでしゅ。それで、ここから宮司しゃまや玉水しゃんたちに会いに行きましゅ」

「いやいや、ここで我々と暮らしていくのは決して楽なことではありませんぞ」

　子丸がたしなめるように言った。

「そうなんでしゅか。いちは物は食べないでしゅけど……」

「いや、食べ物のことだけではありません。野良の猫として生きていく――人の飼い猫とならずに生きていくことがいかに大変なことか。失礼ながら、おいち殿は分かっていらっしゃらない」

　その子丸の言葉に、他の猫たちはしんみりした様子になっていた。誰も異論はないようであった。

「大変……なんでしゅか、皆しゃんは」

「はい。我らはまだ泰山先生が夕飯を食べさせてくれるだけ仕合せというもの。無論、足りぬ分はそれぞれ自力で食べ物を探さなければなりません。犬や狐や狸と戦うことも、空から猛々しい鷹などに狙われた仲間もおります。おいち殿のように小さな猫は、奴らにとって格好の餌食になってしまうことがあるのですぞ」

子丸が真剣な口ぶりで言ったのを受ける形で、丑丸が引き継いだ。

「せやな、長老のおっしゃることに嘘はない。おいちはん、ここは神社へ戻り、そこのお人らの言う通りにするのが筋やないやろか」

「拙者も同じように考えるでござるぞ」

黒猫の亥丸も言い、他の猫たちもうんうんとうなずいている。自分の望みと違うことを勧められたにもかかわらず、不思議と悲しくはなかったし、反撥したい気持ちも起こらなかった。

この十二匹の猫たちが皆、おいちのことを心から思って、忠告してくれていることが分かるからであった。

三

子丸をはじめとする本物の猫たちから、まずは小鳥神社へ帰った方がよいと諭され、おいちは素直に従った。すでに日は暮れていたが、道順は分かる。しかし、この世には子猫と侮り襲ってくる輩もいるからと心配され、黒猫の亥丸が送っていってくれることになった。

「いちは付喪神なので、たぶん大丈夫でしゅ」

と、おいちは言ったのだが、それでも、

「小さきものを守るのは成猫の務め。おぬしが恩を感じるのなら、それは我らではなく、いずれおぬしが大きくなった時、より小さきものに返してくれればよい」

と、亥丸は言う。まるで侍のような心延えを持つ猫なのであった。

亥丸は十二支の最後「亥」を名に持つ通り、仲間の中では新参者である。

「拙者が十二番目の席をいただいたのでな、それはありがたいのだが、拙者より後にやって来た猫はお断りと相成ってしまった。それが何とも申し訳なく」

と、亥丸は帰り道、ぽつぽつと語った。

「おぬしを初めに見た時、これはいかぬと思うた。おぬしのごとき小さき猫を追い出して、拙者が居座るわけにはいかぬ、と——」

だから、亥丸は十二番目の席をおいちに譲って、自分は立ち去るつもりだったという。

「それはだめでしゅ。亥丸しゃんの居場所を取るつもりはありません」

おいちは一生懸命言った。

「うむ。おぬしが付喪神だと聞いて、己の考えがおこがましいと知り申した。されど、いずれおぬしのように小さな猫が現れるやもしれぬ。その時はやはり、新参の拙者が席を譲るべきだと思うのだ」

と、真摯(しんし)に述べる亥丸の言葉に、おいちはどう答えればよいか分からず黙っていた。その後、亥丸は自分のような黒猫はめずらしいこと、かつては武士の家で飼われていたこと、その家の主人が亡くなり跡継ぎがいなかったことから、家が取り潰しになってしまったこと、その結果、亥丸自身も住処(すみか)を失ったことなどをぽつぽつと語った。

「じゃあ、亥丸しゃんにはもともと別の名前があったんでしゅか」

亥丸とは泰山の家に集う仲間になってからのものだと考え、おいちが尋ねると、
亥丸は「うむ」とうなずいた。

「元は九郎といった。毛並みが黒いから、九郎だそうな」

「強そうな名前でしゅ。確か、そんな名前の強い武士がいたような気がしましゅ」

なぜそう思うのか分からなかったが、おいちは言った。

「さすがは付喪神さま。何でもようご存じだ。源九郎判官のことであろうが、拙者の元のご主人もよく言っておられた。九郎判官と同じ名前を誇りに思うんだぞ、と」

元の飼い主について語る時の亥丸の横顔は、どことなく寂しそうに見えて、おいちは不意に切なくなった。

やがて、小鳥神社の鳥居にたどり着くと、亥丸はここで帰ると言った。

「気をつけて帰ってくだしゃい」

「かたじけない」

最後まで礼儀正しく挨拶して、亥丸は引き返していった。夜の闇と同じ色をした

その姿は間もなく見えなくなった。

それから、おいちは体の向きを鳥居の方へ向け、ふんっと気合を入れると、歩き出した。自分だけで生きていかなければならない野良猫たちが、身を寄せ合い、泰山の親切に縋りながら、必死に生きている姿を見た後では、今までのようではいけないと思った。

（いちも、子丸しゃんのように賢く、亥丸しゃんのように強くなるんでしゅ）

一歩一歩を踏みしめるように歩き出したおいちが、まだ十歩も行かぬうち、

「おいちだな」

と、真っ暗な空から声がして、鋭い羽搏(はばた)きの音がそれに続いた。

「ああ、おいちちゃーん」

目の前から、提灯(ちょうちん)を手にした玉水が駆け寄ってくる。何と、提灯の持ち手のところには白蛇が巻き付いていた。その時には提灯の明かりによって、すぐ目の前に舞い降りた小烏丸の姿もはっきりと見えた。

「無事でよかったよお、おいちちゃん」

玉水が涙で顔をぐしゃぐしゃにしながら言った。

「おぬし、勝手にいなくなるとはどういう料簡だ」

　と、小烏丸が叱りつけ、

「まったくだ。おぬしはまだ、社の外でまともに振る舞うこともできまいに、何かあったらどうするつもりだ」

　と、抜丸も小言を言う。

「皆しゃん、ごめんなしゃい」

　おいちはうなだれて謝罪した。

「ま、まあ。分かっているというのならよいが……」

　小烏丸の口調は和らいでいる。

　おいちが顔を上げると、玉水の後ろに竜晴の姿があった。その表情は怒ってもいなければ、安堵しているふうでもなく、いつもと変わらない。それでも、自分を迎えるために竜晴が出てきてくれただけで、おいちは嬉しくなった。

「宮司しゃま、ごめんなしゃい」

　おいちは竜晴の前まで進むと、先ほどと同じように頭を垂れて謝った。

「いちはお医者の先生について行きました。先生の家に上がり込むつもりだったんでしゅけど、帰ってきました。先生は気づいてません」

「そうか」

「いちは宮司しゃまの言う通り、前のお家へ帰りましゅ」

「そうか。お前がそう弁えたのであれば、それでいい」

と、竜晴は言った。それから、竜晴は手を伸ばし、おいちの首根っこをつかんで持ち上げた。

「おや、お前、少し大きくなったか」

竜晴がおいちと正面から向き合いながら言う。

「そうでしゅか。いちには分かりませんけど……」

と言いながらも、おいちは何となく嬉しい気持ちになって、みゃあと鳴いた。

すると、竜晴は何も言わず、おいちを懐の中へと入れてくれた。


いつもの居間へと上がったおいちは、竜晴、小烏丸、抜丸、玉水の前で、泰山の家までついて行った出来事について語った。子丸をはじめとする猫たちと出会い、語り合ったこともすべて話した。

「何、おぬし。ふつうの猫と言葉を交わしたのか」

小烏丸が目を見開いて驚いた。

「あい。あのう、それはおかしなことなんでしゅか」

「おかしなことというか……」

小烏丸は竜晴へと目を向ける。

「ふむ。少なくとも私は、小烏丸がカラスと口を利いたとか、抜丸が蛇としゃべったという話は聞かぬ」

と、竜晴は落ち着いて答えた。小烏丸と抜丸はうんうんとうなずき合っている。

「え、でも、私は四谷の社のハクさまやギンさまとお話ししましたよ」

きょとんとした顔つきで、玉水が言った。四谷の社のハクとギンとは、稲荷神社で宇迦御魂に仕えている二匹の狐のことだが、ただの狐ではなく神狐である。

「ハクやギンはふつうの狐ではないし、そもそも、お前は付喪神ではなかろう」

と、抜丸がすかさず指摘した。

「さよう。今は付喪神の話をしておる。おぬしは黙って聞いているがよかろう」

小烏丸が言い、「はい」と玉水は小さくなっている。

「それにしても、竜晴さま。私はそこらの蛇と言葉を交わそうなどと思ったこともありませんでしたが」

　抜丸が竜晴に顔を向けて言う。

「ふむ。もしかしたら、その気がないため、機会を逸してきたということなのかもしれない。お前たちの方から話しかけてみれば、案外、通じるのかもしれないな」

「しかし、我は空を飛んでいる時、カラスどもを見かけることがあるが、彼らの鳴き声はカアとしか聞こえぬぞ」

　小烏丸は首をかしげながら言った。

「それはおぬしが付喪神として出来損ないだからであろう」

と、抜丸。

「何だと」

　小烏丸が目を剝いた。

「小烏丸については記憶を失くしていることもあり、本体から離れた状態でありながら無事でいられるという特殊な事情もある。おいちの場合と同じに論じることはできないだろう」

竜晴が間に割って入った。

「まあ、付喪神が同じ形をした種（しゅ）と言葉を交わせるかということはさておき、おいちよ、お前はやはり本体の南泉一文字と離れては無事でいられない。南泉一文字の刀を尾張家へお返ししなければならないことは分かるな」

竜晴から問われ、おいちは「あい」とうなずいた。

「宮司しゃま。いちは持ち主しゃまのところに帰りましゅ」

「そうか。それを己の在（あ）り方（かた）として受け容れられるというのだな」

「あい」

もう一度、おいちはしっかりうなずいた。

「おいちちゃんとは、もう会えなくなっちゃうんですか」

ようやく涙の乾いた顔を、再び泣き出しそうにゆがめて、玉水が問う。

「そうと決まったわけではない。おいちがもっと大きくなれば、抜丸やアサマのように本体としばらく離れていても差し支えなくなるだろう。そうすれば、アサマのように遊びに来ることもできる」

「本当ですか」

竜晴の言葉に、玉水がたちまち笑顔になり、おいちもつられて、みゃあと嬉しい鳴き声を上げた。小烏丸と抜丸はあからさまに喜ぶわけではないが、穏やかで満足そうな様子である。

「まあ、猫として尾張家に受け容れてもらうのがよいかどうか、そのあたりはまだ何とも言えぬが、それを見極めるためにも一度、刀の中に身を潜めて帰るのがよいだろう」

と、竜晴は告げた。

「何にしても、しばらく刀から離れていたのだ。今夜は本体の中で休むとよい」

竜晴の言葉に従い、その晩、おいちは南泉一文字の本体へ戻り、そのまま眠りに就いた。

翌朝、元気いっぱいになったおいちは猫の姿で現れ、小烏神社の面々といったんの別れを惜しんだ。その後、再び刀の中へ戻ると、竜晴の手で寛永寺へ運ばれ、天海を通して尾張家へと返却されたのであった。

五章　火車

一

　竜晴がおいちごと南泉一文字を寛永寺へ運んだその翌日、花枝と大輔がやって来て、おいちがいなくなったと知るなり、大いに落胆した。

「何だよ、おいち。返されちまったのか」

「おいちはもともと預かりものゆえ、致し方ない」

　と、竜晴が答える。

「まあ、それは知ってたけどさあ。もうちょっと長く一緒にいられるかと思ってたのにさ」

「確かに、あっという間にお別れの時が来てしまった気がいたします」

　と、花枝も寂しそうに言う。

「あーあ。今日はせっかく、おいちのために鰹節(かつおぶし)、持ってきたのになあ」

大輔は口惜しそうに言いながら、袂(たもと)から紙に包まれた鰹節を取り出した。

「わあ、鰹節、いいにおいですね」

玉水が声を上げる。

「おいちにあげようと思ったんだよ。猫は魚が好きだろ」

「うーん、おいちちゃんは別に好きじゃないかもしれませんけど」

「魚が好きじゃない猫なんているのか」

大輔が不審げな眼差しを玉水に向け、玉水があっと小さな声を上げる。

「まあ、おいちちゃんがいなくても、鰹節は宮司さまと玉水ちゃんに使ってもらえばいいじゃないの」

と、花枝が大輔をなだめた。

「旅籠にお泊まりになったお客さんからいただいたものなんです。上方からいらした方なんですけれど、あちらでも名の知れたお店のものなんですって」

「それならば、さぞやよい味の出汁(だし)が取れることでしょう。いただいてよいのですか」

竜晴の言葉に、花枝は「もちろんです」と笑顔でうなずいた。

「この子がおいちちゃんになんて言うものですから、余りもののように聞こえたかもしれませんが、宮司さまたちのお料理に使っていただくためにお持ちしたんですよ」

花枝は大輔から紙包みを取り上げると、いそいそと竜晴に差し出した。

「それでは、ありがたく頂戴します」

竜晴は花枝から鰹節を受け取った。

「あ、宮司さまのお料理は玉水ちゃんが用意しているのでしたっけ」

花枝が玉水に目を向けて問う。

「はい。教えてもらいながらですけど……」

「教えて……？　まあ、宮司さまが自ら教えていらっしゃるのですか」

花枝はうらやましそうな表情を浮かべた。それに対しては、竜晴も玉水も何も言わない。

「玉水ちゃんは鰹節の削り方は分かる？　お出汁の取り方は？」

「ええと……」

玉水はどう答えたものかとうろたえた。抜丸に教えてもらったとは言えないが、竜晴に教えてもらったと言うこともできない。だが、そんな玉水の困惑を、花枝はやり方を知らないいからだと勘違いしたようだ。

「なら、私が教えてあげるわ。容易そうに見えて、お出汁はお料理の根っこだから」

「あ、あのう。宮司さま」

花枝に嬉々とした目を向けられ、玉水が困った声を上げる。

「花枝殿に教えていただけるのなら、それはありがたいことだ。ぜひよい出汁の取り方を教えてもらうといい」

「……はい」

玉水がうなずくと、竜晴の後押しを得た花枝はいそいそと縁側から中へ上がった。二人は鰹節を持って台所へと向かう。その姿が見えなくなった時、大輔はふと足もとをうごめく何かの気配を感じたのだが、

「わわ、この蛇、どっから来た」

いきなり白蛇と目が合って、驚きの声を上げた。白蛇は細長い舌をしゅるしゅる

と巻き取るや、草むらへとあっという間に姿を消した。

「蛇って、もうそろそろ眠りに就く頃なんじゃないの？」

大輔は首をかしげている。

「その支度を始める頃だろうな。今はまだ見かけてもおかしくはあるまい」

と、竜晴は落ち着いて応じた。

「白い蛇といやあ、縁起物なんだよな。ここで一悟と一緒に見かけた夏の頃を思い出すよ」

大輔は懐かしそうな目をして呟いた。

一悟とはかつて父親と一緒に、大輔の家の旅籠に泊まった少年である。大輔とは兄弟のように仲良くなったのだが、また旅に出ていってしまい、大輔は寂しい思いをしたのであった。

「おいちもいなくなっちまったんだなあ」

大輔の声に寂しさと切なさが入り混じった。

「出会いがあれば別れもあるということだろう。だが、おいちはまた遊びに来ることもあろうし、一悟殿とてまた江戸へ来ることもある」

「うん、そうだよね」

大輔は気を取り直した様子で言うと、

「それよりさ、猫といやあ、俺、怖い話を聞いたんだよ。おいちみたいなかわいい猫じゃなくて、恐ろしい猫の話をさ」

と、話を変えた。

「恐ろしい猫とは、猫またのような怪異の類かな」

「うん。そうだと思う。何たって、墓を荒らす化け猫なんだからさ」

「そういえば、泰山も墓荒らしが出たという話をしていた。化け猫の仕業とは言っていなかったが……」

「墓荒らしの話はけっこう評判になってるみたいだよ。うちのお客さんもよく話してるし。で、俺が聞いたところじゃ、墓荒らしは骸(むくろ)を喰らう化け猫の仕業だっていう話だった。えっと、何とかっていう……」

「もしや、火車のことか」

竜晴が先回りして問うと、「あ、それそれ」と大輔は言った。

「ついでに、それにまつわる昔話もお客さんから聞いたんだ。竜晴さまは知ってる話かもしれないけどさあ」

　大輔がいかにも聞いてほしそうに言うので、竜晴はぜひ話してくれと促した。

「ええとね。ある古い山寺に、年老いた和尚さんと年取った虎猫が一緒に暮らしていたんだ。和尚さんは村人たちの法事にも呼んでもらえず、とっても貧しかったんだって」

　それを見かねた飼い猫がある時、夢の中に現れ、和尚に向かって言う。「この先、村で葬式があった時、騒動が起きて、和尚さんが呼ばれることになります。その時は必ず出向いて経を唱えてください」と――。しばらくすると、本当に村で葬式を出すことになったが、その行列が進んでいく時、遺骸を狙って火車が現れた。暴風雨の中、棺は遺骸ごと空へ舞い上がり、猫の化け物が襲い掛かろうとしている。やれ大変だと居合わせた僧侶たちが経を唱えるが、火車には何の効果もない。そこへ山寺の和尚が呼ばれて駆けつけた。

　和尚が経を唱え始めると――。

「化け猫は急に苦しみ始め、ついには棺を放り出して逃げ出したんだ。ご遺骸は無事な姿で取り戻すことができて、ちゃんと埋葬もできた。すべては和尚さんの法力のお蔭だっていうんで、その後、和尚さんは村で大事に扱われ、よい暮らしを送れるようになったんだってさ。だけど、今の話はぜんぶ、飼い猫が和尚さんのために仕組んだことだったんだよ」

　大輔は滔々と話を終えると、

「どう？　竜晴さまはやっぱりこの話、知ってた？」

　興味津々という眼差しを竜晴に向けて問うた。

「似た話を聞いたことはあったと思う。まあ、それはそれとして、火車と思われる化け猫が江戸に現れたのは一大事だ。火車は墓を荒らして骸を喰らっているのだろうか」

「俺が話を聞いたお客さんはそう言ってたよ。場所とかくわしいことは分からないんだけど、一回二回のことじゃないような話だった」

「そうか」

　竜晴はすばやく考えをめぐらし、このことを天海に知らせた方がよいだろうと判断した。

　泰山から話を聞いた時は聞き流してしまい、その後、天海に会う機会もあったというのに、その耳に入れるのを怠ってしまったのが悔やまれる。

「大輔殿、私は急用を思い出したので、これより少し出かけてくる。花枝殿にはよろしく伝えておいてくれ。玉水には留守を頼むと伝えてくれるとありがたい」

それだけ言い置き、竜晴はその足で出かけていった。いつもなら、小烏丸と抜丸を人型にして連れていくところだが、大輔のいる前で呪をかけるわけにもいかない。いずれにしても、できるだけ早く知らせた方がよかろうとの判断だった。

とはいえ、小烏丸が上空から追ってきているのは分かったので、そのまま好きにさせ、竜晴は寛永寺へと急いだ。

「あ、賀茂さま。連日のお出ましとは。お約束がおありですか」

取り次ぎの小僧に訊かれ、約束はないと答えたものの、すぐに中へ上げてもらえた。座敷の前でいったん待たされたが、天海に話を通した小僧はすぐに戻ってきて、「中へどうぞ」と言う。

部屋の中では、天海が写経をしているところであった。

「これは、お仕事中、申し訳ございません」

竜晴は天海の前に座って挨拶した。

「いや、それはかまわない」

　天海はそば仕えの小僧に、写経用の机を片付けるように命じ、それから人払いをする。

「お預かりした南泉一文字は、昨日のうちに尾張家の方へお返ししたが、その話でござろうか」

「いえ、そちらはひとまず関わりありません。まあ、猫でつながってはおりますが」

「猫……ですと？」

　竜晴は泰山から聞いた墓荒らしの件、そしてたった今聞いた火車と思われる墓荒らしの話を、天海に語った。

「火車がこの江戸に現れたと――」

　江戸を守ることこそ己が使命と思う天海にとって、忽せにできぬ話である。

「いつどこに現れたのか、それが一匹なのか、群れているのか、そのあたりのことは何も分かりません。ひとまず、大僧正さまのお耳に入れるべきと考え、やってまいりました」

「まずは知らせてくれたことに礼を申し上げたい。恥ずかしながら、その一大事、まるで耳に入っておりませなんだゆえ」

天海は厳しい表情になっている。

「これより、事態の把握と真相の究明に努めねばならぬが、場合によっては賀茂殿のお力を借りることになり申そう。そのことはお心に留めておいていただきたい」

天海は丁重に述べた。

「それは分かっております。ご案じなく」

と、竜晴は応じ、その後、二人は事態の把握について、どのように進めていくべきか腹案を話し合った。それがおおよそまとまったところで、ほっと息を吐いた天海は、

「それにしても、尾張家の付喪神との関わりはあるのでござろうか」

と、新たな不安を口にする。

「断言はできませんが、今のところ関わりは見当たりません。ただ、猫の付喪神がこの江戸に生まれたことで何らかの力が働き、化け猫の怪異が江戸に入り込んだのやも……」

天海が重々しい声で応じた時、廊下の方から「失礼いたします」と取り次ぎの小僧の声がした。

「どうしたのか」

「尾張大納言家のお侍で、平岩さまとおっしゃるお方がお見えでございます。大僧正さまへお目にかかって申し上げたいことがあるとのことですが……」

「平岩殿といえば、昨日、南泉一文字を受け取りに来たお方じゃな」

と、天海が言う。

「南泉一文字をこちらへお持ちしたのも、その方だったかと」

竜晴が言うと、「さよう」と天海はうなずいた。

「平岩殿の用件とやらもおそらく南泉一文字にまつわることであろう。よろしければ、ここにお通しして一緒に聞いていただきたいが、かまいませんかな」

天海の申し出に竜晴はうなずき、やがて小僧に案内されて、平岩が現れた。

「平岩弥五助でございます」

天海の前に平伏して、平岩が挨拶する。

「うむ。昨日はご苦労でござった。して、南泉一文字に何か大事でも起こりましたかな。鳴動はもう収まったはずですが……」

「……はい。鳴動は起きていないのですが」

と、平岩は言い、顔を上げて竜晴の方をちらと見た。

「こちらは、平岩殿が前に南泉一文字を届けに来られた時、同席しておられた……」

「賀茂竜晴殿であらせられますな。覚えております」

と、平岩は言い、竜晴に会釈した。

「内密のお話であれば、私は失礼いたしますが」

竜晴が言いかけると、「いえ」と平岩はすばやく遮った。

「よろしければ、ご一緒にお聞きくだされればありがたく存じます。ただし、これは我が殿や家老よりの言づてではのうて、それがし一人の考えでお伝えすることでございますが」

「平岩殿お一人の考え、とな」

天海の声に不審の色が混じる。

「実は、それがし、家老より南泉一文字の保全と手入れを申しつかっておりまして。今朝もまず真っ先に、刀の安置された部屋へ参り、その無事を確かめました。昨夜は鳴動することもなかったと聞き、ほっとしていたのでございますが……」

「鳴動とは別に、何か障りでも」

「刀が無事であることに間違いはないのです。されど、それがしには何というか、以前とは違うように見えまして……」

「どこか傷んでいたということでしょうか」

竜晴が尋ねると、「いいえ、そういうことはまったくございませぬ」と平岩はすぐに答えた。

「無論、傷や汚れのないことは、昨日、隅々までしっかりと検めてございます。今日とてそういう何かを目にしたわけではないのです。ただ……」

困惑した様子でいったん口をつぐんだものの、やがて平岩は気を取り直して口を開いた。

「うまく言えないのですが、あえて言うなら、刀の魂が抜けていると申しましょうか」

「刀の魂、ですと？　それは人に感じ取ることのできるものですかな」

訝（いぶか）しげに天海が言う。

「いや、その……」

平岩は口ごもった。

「それがしも、おかしなことを口にしているとは分かっておるのです。ただ、名刀には魂が宿るものであり、使い手を選ぶという話もございましょう。剣豪がただの刀を名刀にする、もしくは名刀が使い手を剣豪にする、そういうことが確かにあるのです」

「お侍ならではのお言葉とは思いますが、確かにそういうことはあるかもしれませぬな」

と、天海は一応の理解を示し、平岩に先を促した。

「それがしはただ一度だけ、殿のご命令により南泉一文字で試し切りをしたことがございます。その時はあまりの切れ味のよさに地面まで切ってしまい、私は刀を折ったと勘違いしてしまいました。とにかく、そのくらい素晴らしい刀なのです。あの時の南泉一文字には間違いなく魂が宿っていた」

「それが、いったん預けて戻ってきた時、魂がなくなっていたように感じられた、ということですか」

竜晴が問いかけると、平岩は首を横に振った。

「いえ、それも違うのです。昨日、お返しくださった時には魂が感じられました。されど、今朝改めて刀に触れた時、昨日とは明らかに違っていたのです。これは、どういうことでございましょうか。もしや、昨晩のうちに、南泉一文字が偽物にすり替えられたのでございましょうか。万一にもさようなことになっていたら、それがしは腹を切らねばなりませぬ」

平岩は追い詰められた様子で言う。

「まあまあ。とにかく、そのことはご家老か誰かにお話ししたのでござるかな」

天海は落ち着いた声で問うた。

「いえ、まだ誰にも話しておりません。話しても分かってもらえるかどうか、不安もございましたので。まずは大僧正さまにと――」

「それでよろしい」

天海は重々しく言った。

「この件は、ひとまず我々の間だけで留めることとしましょうぞ。いずれ尾張さまのお耳に入れる時が来ても、平岩殿に責めが及ぶようなことにはしませぬ。ゆえにご心配召されるな」

天海はそこで、平岩から竜晴の方へ目を向けた。

「大僧正さま」

竜晴は力のこもった声を出した。平岩の報告は、付喪神のおいちが南泉一文字の本体から脱け出したことのように思える。まずは、それを確かめてみなければなるまい。もちろん口に出しては言わなかったが、天海には通じたようであった。

「私は少し調べたいことがありますゆえ、これにて失礼いたします。何か分かり次第、私自身が参上するか、使いのものをよこしますので」

「相分かった」

天海はすぐにうなずく。

竜晴はそこで、平岩よりも一足先に部屋を出た。庫裏の外へ出るなり、上空を飛ぶカラスの姿が目に入ってくる。

先に帰っておいちを捜せ――と、竜晴は思念を送った。カラスはカアと一声鳴くなり、小烏神社を目指して力強く飛んでいった。

二

竜晴が小烏神社に到着した時、小烏丸が先に到着していたのは当たり前である。すでに抜丸や玉水にも、おいちを捜せという意を伝えてくれているだろう——という竜晴の予感は当たっていた。

だが、予想を超えていたのは、そこにおいちがいたことであった。花枝と大輔はすでに帰っていたが、二人が去ったすぐ後、おいちがやって来たのだという。

「どういうことだ。お前は尾張家へ帰らねばならぬ道理を、しかと弁えたのではなかったのか」

いつもの居間に座っているおいちに、竜晴はやや厳しい声で尋ねた。周りを見る限り——玉水は無論のこと、抜丸と小烏丸も甘い態度しか取れなかったようである。

「そのことはちゃんと分かってます」

と、おいちは懸命に答えた。しゃべり方も以前よりしっかりしているし、体も大きくなったようだ。とはいえ、本体から離れて移動した影響なのか、どことなく精彩を欠いているようにも見えた。

「でも、いちはどうしてもあのお屋敷にはいられなかったんです。あそこにいると、何だか怖いんです」

と、おいちは訴えた。

「宮司さまあ」

と、横から玉水が泣きそうな顔で割って入る。

「とにかく、おいちちゃんの言うことを聞いてあげてください」

「どうしてもいられぬという理由があったのなら、無論聞こう」

竜晴はおいちの目を見て、先を促した。

「ここにいる時から、あのお屋敷へは何となく帰りたくなかったんです。でも、どうしてなのかは、いちには分からなくて……」

「確かに、おぬしはずっとここにいたいと申していた。ただ、それはここにいるのが好きだからであろうと、我らは思っていたのだが……」

と、小烏丸が言った。

「それもあります。けれど、実際に帰ってみて分かったんです。あのお屋敷の誰かがいちを狙ってるんです」

「狙っているとは、お前に危害を加える輩がいるということか」

竜晴の問いかけに対し、おいちは困惑した表情を浮かべた。

「それは、分かりません。でも、とにかく嫌な感じがするんです。あそこには、長くいたいと思えないんです。それに……」

一生懸命語るおいちの様子に嘘は感じられない。ただ逃げ出してきた言い訳をしているというわけでもなさそうだった。

おいちは本当に脅えている。その原因を取り除いてやらない限り、おいちが尾張家の屋敷で暮らしていくのは難しそうであった。竜晴はくわしい話を聞くこととし、おいちに先を促した。

「今までは分からなかったんですけど、いちが生まれる前にも、何だか嫌な感じはしていたと思うんでしゅ」

ぶるっと体を震わせた時、前のような幼いしゃべり方に戻ってしまったことに、おいち自身は気づいていないようであった。

「付喪神になる前のことだな。尾張家では南泉一文字が鳴動すると、不安の声が上がっていたが……」

「はい。はっきりとは分からないんですけど、今回尾張家へ帰って感じた嫌な感じと同じかもしれません」

　おいちは自信のなさそうな声で告げた。

「なあ、竜晴。これはもしかしたら、おいちの脅威となる何かが尾張家にいるか、憑いているかして、そのせいで、おいちは生まれてくることができなかったのではないか」

　と、小烏丸が言う。

「場合によっては、おいちが生まれてくるのを阻害するものがいたのかもしれません」

　抜丸も言った。

「なるほど。それゆえ、南泉一文字は鳴動するだけで、付喪神となることができず、寛永寺へ場所を移された途端、付喪神としての生を享けることができたというわけか。辻褄（つじつま）は合っているな」

竜晴は考え込みながら呟いた。

「なあ、竜晴。このままおいちを尾張家へ返すのが正しいかどうか、ここはよく考えた方がよいぞ」

小烏丸が進言する。

「私も、何の策も施さずにおいちを返すのは反対です」

めずらしいことに、抜丸が小烏丸に同意した。

「しかし、おいちをただ留め置くというわけにもいかない。本体と離れていれば、いずれおいちは弱ってしまう。すでにその兆候は出始めているはずだ。おいち、お前には分かっているのではないか」

おいちはうなずいた。

「はい。今までのようには、力が出ない気がします……」

「まあ、あまり走り回ったりせず、力を蓄えておくことだ」

竜晴はおいちにそう忠告した。

「尾張家へ戻れないとなると、やはり前の時のように、南泉一文字の本体を借り受けるしかないのだろうか」

独り言として呟くと、それを聞き留めた玉水がすかさず、

「おいちちゃんのために、そうしてあげてください、宮司さま」

と、必死になって言う。玉水はおいちを抱き上げると、愛おしそうにぎゅっと抱き締めた。

「そうだな」

玉水のように甘やかしてばかりではならぬと思うが、ここは本体をこちらへ引き取るのが最良の策だろうと、竜晴も考えた。とはいえ、竜晴から尾張大納言家へ申し入れることはできない。ならば、やはり天海の口を通して借り受けてもらうしかないだろう。

「では、とんぼ返りになるが、また寛永寺へ参って大僧正さまにお頼みしよう」

と、竜晴は言った。

「小烏丸、お前は先に行って、大僧正さまに意を通しておいてくれるか」

「分かった」

いつもは自分だけで天海に会うのは嫌だと駄々をこねるのに、この時、小烏丸はすぐに承知した。それから、竜晴は玉水に抱かれたおいちの顔をのぞき込み、

「お前も一緒に来なさい」

と、告げた。

「とにかく、お前がちゃんと無事でいることを、大僧正さまに見ていただかなくてはならぬし、大僧正さまなら、弱っている付喪神の力を保つための呪法など、何かご存じかもしれない」

「……分かりました」

おいちはうなずいた。玉水は心配そうな顔つきで、自分もついて行きたそうな様子であったが、竜晴はおいちだけをつまみ上げる。

「抜丸と玉水はまた留守を頼むぞ」

と言い置き、竜晴は先に飛び立った小烏丸のあとを追う形で、子猫のおいちを懐に入れると、寛永寺へ取って返した。

三

「またまたのお越しとは、ご苦労さまでございます」

竜晴を出迎えた取り次ぎの小僧は、先ほどよりずっと親しみのこもった様子で挨拶した。竜晴が来ることは、天海よりすでに聞いていたという。

「そのう、この度は、何といいますか、ずいぶんとおかわいらしい相方をお連れでいらっしゃいますね」

小僧はにこやかに微笑（ほほえ）みながら言った。しかし、その目は吹き出しそうになるのを懸命にこらえているふうに見える。

「似合わないものを連れていると、本音を言ってくれてもかまわないが……」

「似合わないだなんてとんでもない。たいそうお似合いでいらっしゃいますとも」

小僧は真面目に言った。おいちがみゃあと声を上げる。

「ほら、相方さんも嬉しいと言っているじゃありませんか」

おそらく勝手な思い付きを口にしたに違いないのだが、たった今、おいちが口にした言葉と完全に一致している。

「すごいですね。この人、いちの言葉が分かるんですか」

おいちが吃驚してさらに声を上げて鳴く。

「おや、ますます喜んでるようですよ」

と、続けられた言葉はまったく見当はずれだったので、おいちは口を閉ざした。

それから、小僧の案内で再び天海の部屋へと案内されたのだが、

「おお、これはこれは」

と、天海も竜晴とおいちを見るなり、顔を綻ばせた。

「前に、賀茂殿が子猫を連れ帰られた時は何とも思わなかったが、こうして見ると、何ともさまになっている」

まるで本当の飼い主と飼い猫のようだと、なぜか嬉しそうに言うのだった。

「昨日は刀の中に入っていたゆえ、猫の姿を見るのはあの日以来だが、少し大きくなったような……」

「おっしゃる通りです。ふつうの猫より早く成長していくようですね」

竜晴はおいちを懐から取り出し、床に座らせて告げた。

「いちです。大僧正さまにはお世話になり、ありがとうございます」

「おお、立派に口も利けるようになったのだな」

まるで孫の成長ぶりを見せられたかのように、天海は目を細めてみせる。

「さて、小烏丸が先に来て知らせてくれたので、大体話は分かるが……」

と、天海は表情を改め、竜晴に向き直った。

「はい。南泉一文字の魂が抜けた云々という平岩殿のお話は、この付喪神のおいちが脱け出したせいでしょう。そして、おいちによれば、どうも尾張家には自分に害を為す何かが居ついているようで、嫌な感じがするというのです」

「ふうむ。それで脱け出したというのであれば、尾張家へ戻すわけにはいかぬであろうな」

「私もそう考えます。今の段階では尾張家のどこに危険があるのか分かりません。おいちのため、祓ってやりたいのは山々なのですが」

「いずれにしても、御三家に何かよくないものが憑いているというのなら、それを放っておくわけにはいかぬであろう。とはいえ、相手が見えぬまま、闇雲に対策を講じることもできますまい。まずは、このおいちの無事を保つため、本体の南泉一文字を再び借り受けるしかあるまいな」

「そうしていただけると助かります。私から尾張家にお願いするわけにはまいりませんので」

竜晴が慎ましく目を伏せて言うと、天海はあきれたように笑ってみせた。

「拙僧にそう言わせるために、そこのおいちを連れてきたのでござろうが。まあ、それはよいとして、借り受ける理由は、禍々しい力を感じたとでもすればよかろうか。しかし、南泉一文字は尾張家でも大事にしている宝物の一つ。長く借り受けたままにしておくわけにもいかぬ」

「おいちが感じる危険とは、確実においち自身か南泉一文字の本体を狙ったものでしょう。おいちと刀本体をこちらが所有していれば、その何ものかはこちらに働きかけてくるのではないでしょうか」

「しかし、それならば、つい先日まで、南泉一文字が賀茂殿の社にあった時に襲ってきていたのではあるまいか」

　と、天海が訝しげな表情を浮かべる。

「おそらく敵は尾張家内部の者、もしくは内部の者に憑いた何か、と考えられます。ならば、いずれ本体もおいちも尾張家へ返されると知っていたでしょう。勝手の分からぬ我が神社で襲うより、勝手知ったる尾張家の屋敷で事を為そうと考えるのは自然。しかし、再び本体とおいちが連れ去られたならば、もはやいつ返ってくるか分からないのですから、敵は焦ること間違いありません」

「なるほど、焦った敵が小烏神社へ襲いかかってきたところを、賀茂殿が仕留めるというわけですな」

納得した様子で、天海は大きくうなずきながら言った。

「まあ、相手が怪異の輩であれば、賀茂殿の敵ではなかろうが、お一人で大事ないであろうか」

「取りあえず、用心しつつ待ち構えておりますが、いざという時には小烏丸を通して大僧正さまに応援をお願いするかもしれません」

「相分かった。こちらも用心しつつ待っていよう」

こうして、竜晴と天海の話はすぐさままとまった。

「しかし、それまでの間、おいちはこの姿で暮らすわけか」

天海が少し気がかりそうに言う。

「何かご心配でしょうか」

「いや、小烏神社で暮らしているなら大事はないと存ずるが、猫の姿では人目につくではないか。人の中には、かわいいものを見ればつい自分のものにしたくなって、持ち去ったり連れ去ったりしてしまう者がいる」

「ははあ。おいちが誰かに盗まれるかもしれないとご心配なのですね」

「まあ、ただの猫ではないゆえ、そういうこともあるまいが、あの抜丸や小烏丸を人の姿にする術があろう。あれを念のため、おいちにかけておくことはできぬのであろうか」

　天海が言うと、おいちがふと顔を上げた。

「いちもあれ、やってみてほしいです。人の姿にしてください」

　竜晴に縋るような目を向けて言う。竜晴はおいちから天海へと目を移し、口を開いた。

「無論、あの術をかけることはできます。そうなれば、おいちの姿は霊力を持たぬ人の目には見えなくなる。しかし、あの術は受ける側の付喪神にも、相応の霊力が必要となります。あの術をかけるのは、本体の南泉一文字をお借りして、おいちの力が戻ってからにした方がよいでしょうね」

「なるほど、よく分かった」

　天海は大きくうなずき、おいちも少しばかり残念そうではあったが、承知してうなずいた。

「つきましては、大僧正さまにお願いがございます。南泉一文字をお借りするのもすぐというわけにはいかぬかもしれません。ですから、それまで少しでもおいちの力がもつような術なり呪法なりをかけていただくことはできませんでしょうか」

「力を保つ術や呪法か。生憎、拙僧が知るのは人の心に力を与えるようなものだけだが……」

困惑気味に天海が言う。

「それでも、大僧正さまのような御仁にかけていただければ、おいちも力がつくのではないでしょうか。一つ、おいちを力づけてやってください」

竜晴が言うと、おいちも「お願いします、大僧正さま」と頭を下げて言う。

「そうか。では、般若波羅蜜多心経を唱えて進ぜよう。付喪神への効き目の有無は知らぬが、よいのだな」

「かまいません」

「お願いしましゅ」

と、竜晴とおいちが同時に言う。おいちが舌を嚙んだのは一生懸命の証であるらしい。

天海は一瞬、竜晴が見たこともないような優しい眼差しを浮かべた後、数珠（じゅず）を取り出し、目を閉じて読経（どきょう）を始めた。

「摩訶般若波羅蜜多心経……」

天海の朗々たる清らかな声が室内に響き渡る間、おいちはじっと目を閉じ、読経に聞き入っていた。

六章　猫たちの仁義

一

　おいちが小烏神社へ戻ってから二日が過ぎた。その間に、おいちは少しずつ元気を失くしていった。玉水が懸命に世話を焼いたが、物を食べない付喪神のこと、精のつくものを食べて元気になるというわけにはいかない。眠れば力を回復するというわけでもない。ただ一つ元気を取り戻せるのが、本体の中に戻って休むことである。

　これについては、南泉一文字を借り受けてくれるよう頼んである天海からの知らせを待つしかなかった。

「本体の刀が来るより先に、おいちちゃんが弱ってしまうんじゃありませんか」

　玉水はおろおろしながら言う。

「おいちは付喪神なのだから、ふつうの猫のように死んだりはしない」

竜晴は、まずは落ち着くようにと玉水を諭した後、

「あちらから借り受けるのに手間がかかるのなら、おいち自身が尾張家へ戻って、いったん刀の中に戻ってもよいのだが……」

と、おいちに向かって訊いた。すると、「それは嫌です」とおいちはきっぱり言う。危険を察知する付喪神の勘はおろそかにするべきではないし、ここまで嫌がるからには、よくないことが起こり得る見込みも高い。

(おいちだけを尾張家に戻すのはやはり危ういか)

そう思いながら様子を見るうち、ようやく待ちかねた使者が小烏神社へ現れた。おいちが戻って三日目の昼のことである。

「お頼み申す。寛永寺からの使いでござる」

と、玄関口で声を張り上げたのは、侍の田辺であった。

「お頼みのお品の用意が調ったので、受け取りに来られたしと、大僧正さまのお言葉でござる」

「ただちにお伺いします」

と、返事をし、竜晴はすぐに居間へ取って返した。おいちは座布団の上で丸くなり、目をつむっている。

「やっと南泉一文字を借りられるのだな、竜晴」

と、小烏丸が言う。

「ようございました」

抜丸もほっと安心した表情を浮かべた。

「よかったね、おいちちゃん」

と、玉水がおいちの頭をそっと撫でるのだが、まるで腫れ物に触るような手つきである。おいちはほんの少しだけ目を開けたが、鳴き声を上げる元気もない。

「その様子では、寛永寺へ連れていくのも難しいだろうか」

竜晴が尋ねても、返事もなかった。

「うーむ、竜晴が抱えてくれるとしても、外の気に触れるだけでますます力を失くすかもしれないな。何しろ、外には邪気も漂っている」

小烏丸が言えば、

「この社の中は竜晴さまのお力で清浄な気にあふれていますから、この程度の弱り方で済んでいるとも言えるわけです。やはり、この状態で外へ連れ出すのは……」

と、抜丸も難色を示した。

「そうだな。おいちを連れていくより、私だけが出向いて南泉一文字を借り受けてきた方がよいだろう。では、抜丸には供をしてもらおう。小烏丸と玉水は留守番だ。特に小烏丸、上空からの危険がないよう、見張っていてくれ」

「分かった。見張りは我に任せてくれればよい」

竜晴の言葉に、小烏丸が胸を張る。

「留守中に客人が来たら、その対応は玉水に任せる。ただ、相手が誰であろうと、私が留守であることを告げ、引き取ってもらいなさい」

という竜晴の指示に、玉水は「分かりました」としっかり返事をした。

それからすぐに、竜晴は抜丸を人型に変えると、待たせてあった田辺と共に寛永寺へ向かった。一同が神社を出ていってしまうと、中はしんと静かになる。

「我は外に出ておるが、玉水よ、ここはおぬしだけで大事ないな」

小烏丸が玉水に声をかけると、「おいちちゃんのことはちゃんと見ています」という返事である。それに安心し、小烏丸は縁側から空へと舞い上がった。いつもの枝に止まり、神社周辺の見張りに専念する。

一方の玉水は、何ができるというわけでもないが、おいちのそばから離れようとせず、ずっと付き添い続けた。その状態に変化が起きたのは、来客の声を聞いた時であった。誰かが来るとしても、泰山か花枝と大輔姉弟だろうと玉水は考えていたのだが、

「ごめんくだされ」

という、やや低い男の声は知る人のものではない。

「はあい、ただ今」

玉水は慌てて立ち上がり、玄関口へと走った。ところが、玄関の戸を開けてみると、その場には誰もいない。

「え、誰か来ましたよね。どこにいるんですか」

玉水はいったん外へ出て、玄関の周辺を探し回った。もしや人ではないものがやって来たのかもしれないと、目を凝らし、地面に這いつくばり、隈なく探した。足跡はいくつか見つかったが、今の客人のものか、それとも先ほど竜晴を迎えに来た田辺のものか分からない。

「ええと、これは宮司さまのお履物の足跡で、それ以外に履物の跡が二つあるから、やっぱり誰かが来たのだと思うけれど……。履物の跡があるってことは、やっぱり人間ってことなのでしょうか」

独り言を言いながら、玉水は念入りに足跡の確認を始めた。


ちょうどその頃――。

小烏神社の庭先には、一人の侍が現れていた。年齢は四十路ほどで、立派な身なりをしている。

小烏丸はその時、庭の木の枝にはとまっていなかった。いつもなら、木の枝の上で庭の様子をぼんやり眺めていたり、思索にふけったり、時にはうとうとと眠り込んでしまったりしているのだが、今日は上空からの危険に対する見張り役を務めねばならない。

そのため、時折、空へと舞い上がり、周囲の様子に目を配っていたのである。

そして、侍はその小烏丸がいない隙を狙うかのように、庭に入り込み、縁側から家の中へと上がり込んだ。そこには、おいちだけがいる。

おいちは竜晴が出かけた時と同じ姿勢のまま、座布団の上で丸くなっていた。その上から柔らかな手拭いをかけてくれたのは、玉水である。

誰かが近付いた気配は感じられたが、おいちは目をつむり続けていた。動くことができないほどつらいというわけではないが、とにかく力を消耗しない方がよいと竜晴からも言われている。少しでも長く無事でいるために、今はできる限り動かぬ方がよいと、おいちも弁えていた。しかし、

「おとら」

と、呼びかける男の声を聞いた時、さすがに何かが変だという気がした。小烏神社の住人や出入りする者の声でないことは確かだが、どこかで聞いたことがあるようにも思えた。

おいちはうっすらと目を開けてみた。一人の男がおいちの前に顔を近付けてくる。

「お寅や」

男はひどく優しい声で、もう一度呼びかけた。その目はおいちに据えられており、おいちのことを「お寅」と呼んでいるのは間違いなさそうである。

（いちはお寅じゃありません）

おいちはそう言おうとしたのだが、どうしても声が出てこなかった。

「お寅や。捜したんだよ」

男はやはりとても優しく、労わるような声で語りかけてきた。

「お前も独りぼっちで不安だったろうね。だけど、もう心配はいらない。これからはずっと一緒だ」

男はそう言うと、おいちの上にかけられていた手拭いを取り除き、おいちを両手で抱き上げた。

(こ、この人は……)

おいちはしっかりと見開いた目で相手を見つめ、その正体に思い当たった。しかし、玉水を呼ぼうにも声が出てこない。そうこうするうち、おいちの体は相手の懐の中にすっぽりと入れられてしまった。

男は長居することなく、すぐさま庭へ出て、そのまま姿を消した。

小烏丸が上空を飛び回り、玉水が玄関口の足跡を調べている間の出来事であった。

竜晴が南泉一文字の本体を預かり、抜丸と共に小烏神社へ戻ってきた時、社の中は大騒ぎになっていた。

玉水が大声で泣き、小烏丸が庭を歩き回ったり、空へ飛び上がったりをくり返し、そこら中に黒い羽根をまき散らしている。

「何があった」

そう尋ねた時にはもう、竜晴は居間の座布団の上においちの姿がないことを確かめ、おおよそのところを察していた。

「おいちがいなくなったのか」

小烏丸と玉水に問う。

「そ、そうなんだ」

と、小烏丸がどうにか答えた。何をしていたと文句を言いそうな表情の抜丸を目で制し、

「おいちが自分で出ていったとは考えにくいのだが」

と、竜晴が言うと、小烏丸もうなずいた。

「我もそう思うが、連れ出した者の姿は見ていない。我が空の見張りをしている時のことだったのだ。だが、玉水は怪しい者の声を聞いている」

その小烏丸の言葉を受け、玉水に問いただすと、涙と鼻水でぐしょぐしょになりながらも、玉水は一生懸命答えた。

「玄関で……ごめんくだされと、男の人の声がしたんです」

ひっく、ひっくとしゃくり上げながら、玉水は語った。その声につられて、玄関へ行ったが誰もいなかった。すぐに引き返せばよかったが、何かあったのかと気になって、玄関の周りを見回り、足跡まで調べているうちに時が経ってしまった。そして、戻ってみると、おいちの姿がなくなっていたのだという。

「なるほど。では、その『ごめんくだされ』と言った男が庭から回って、おいちを連れ去ったと考えるのがよいのだろうな」

竜晴は呟きながら考え込む。玉水は男の姿を見ておらず、声に聞き覚えもないという。小烏丸は男が来たことすら知らなかったらしい。

「新参者の玉水はともかく、お前がそんな体たらくでどうするのだ」

と、抜丸が小烏丸を叱りつけ、いつもなら言い返す小烏丸も今回ばかりはおとなしくしている。そこへ、

「宮司さま、お邪魔します」

と、現れたのは花枝であった。人型をした抜丸は慌てて口をつぐみ、小烏丸は今さら外へ出ていくのもならず、部屋の廊下側へと姿を消した。

「あら、どうしたの、玉水ちゃん」

玉水の泣き顔に驚いた表情を見せた花枝は、きょろきょろと周りを見回し、

「あの、大輔はどこに？」

と、尋ねた。

「大輔殿は来ていないようですが」

と、竜晴が答えると、

「おかしいですわね。先にこちらへ伺ったはずなんですけれど」

と、花枝は不審げな表情になった。

二

それより少し前のこと。

大輔は、花枝が竜晴に説明したように、先に一人で小烏神社へ向かっていた。小

烏神社の近くはいつもあまり人通りがないのだが、その日は神社の側から足早に歩いてくる侍と出くわした。

ものめずらしさから、大輔は侍に目を留めた。

とはいえ、竜晴が寛永寺の天海大僧正と付き合いがあることも、伊勢という旗本と知り合いであることも、大輔は知っている。旗本の伊勢貞衡とは神社の中で顔を合わせたこともある。

そのため、そうした関係の者が神社へ寄ったのだろうと、初め大輔は考えた。そのまますれ違って終わりとなるはずであったが、大輔の心に不審の念が芽生えたのは、侍とすれ違った時である。

侍は急ぎ足であったが、何かを庇う様子で懐に手を当てていた。さりげなく目をやれば、懐の中にいるのは猫のようである。一瞬のことではっきり見えたわけではないが、茶色と橙色の毛並みはおいちのものであった。

頻繁に小烏神社へ出入りしている大輔は、一度おいちが飼い主に返されたことも、事情は知らないが再び戻ってきたことも、さらにそのおいちの具合が近頃よくないことも知っている。

そのおいちを連れ去ろうとする侍に、大輔が不審を持つのは当たり前だった。それればかりでなく、侍の様子にも、どことなく大輔の気持ちを波立たせるものがあった。

何かがおかしい。人とすれ違っても、目を向けるどころか瞬き一つせず前進する、猫を抱えた侍は奇妙であった。

大輔は自分の直感を信じ、足の向きを変えた。侍に声をかけ、自分は小烏神社の氏子だと名乗り、おいちをどこへ連れていくのか尋ねれば済むことでもあったが、何となく躊躇われた。相手が身分のありそうなお侍で、自分が子供であることも理由の一つだが、それ以上に、声をかけづらい雰囲気が相手にあった。

そこで、大輔はこっそりと相手のあとをつけた。相手の行き先を突き止めて、後から竜晴に知らせようなどと細かいことは考えていなかった。ただ、このまま侍を見過ごして、いつも通りに小烏神社へ向かうことはできなかった。

侍は脇目も振らずに進んでいく。その足取りに迷いはないが、不思議なことに人気のない道を選んでいるようでもある。

そのうち、町家の立ち並ぶ景色が消えて、収穫を終えた田んぼが広がる場所へと出た。大輔には見覚えのない景色である。

（上野のお山からは遠のいてると思うんだけど……。大川の方へ向かってるのかな）

さすがに、大輔の心にも不安が芽生えてきた。

今から引き返せば、まだ小鳥神社へ戻ることができるだろう。だが、これ以上知らぬ道を進んでいけば、もう一人では戻れなくなるかもしれない。

大輔はつと足を止めた。その瞬間、まるで大輔の心を読んだかのように、前を行く侍が振り返った。

その道には前にも後にも二人以外の人影はない。

しまった、と大輔の体は固まってしまった。侍の方は振り返るや、大輔に向かって歩み寄ってきた。

「あ、あの……」

大輔の声は上ずっていた。何かうまい言い訳を拵えようとするのだが、何も言葉が出てこない。すると、侍がいきなり大輔の手首をつかんだ。

「来なさい」

手首をぐいと引っ張られた。

「ちょ、ちょっと」

抵抗しようとしたが、侍の力にはとても抗えない。

ふと、侍の懐に押し込められているおいちの姿が目に入った。その時、おいちが静かに目を開けた。

悲しそうでもあり、あきらめているようでもあり、精気の失せた弱々しい目をしていた。大輔は胸を衝かれた。今、死に物狂いで侍の手を振りほどき、来た道を駆け戻ることは可能かもしれない。相手はおいちを抱えた身であり、もしかしたら追いかけてこないかもしれない。

しかし、それでは、おいちを見捨てることになってしまう。

この侍がおいちをどうするつもりなのかは分からないが、おいちの身に何かあったら、自分はおそらく立ち直れないほど悔やむことになるだろう。

大輔は逃げ出すまいと覚悟を決めた。

この侍が自分を連れていこうとするなら、どこまでも一緒に行ってやる。そして、おいちに危害を加えようとしたならば、その時は自分がおいちを守ってやるのだ。

侍は大輔に、何者なのか、どうしてあとをつけたのか、問うこともせず、大輔の手をつかんだまま歩き出した。大輔は抵抗するのをやめ、侍に引かれるまま、ついて行くことにした。

やがて、田んぼが尽きると、畑としても使われていない空き地が目に入ってきた。雑草の生えた土地が続き、家も建っていない。

まさか、おいちも自分もここで殺され、空き地のどこかに埋められてしまうのではないかと、恐ろしい想像が大輔の胸に生まれた。その途端、肝が冷え、先ほどの勇壮で高揚した気分はどこかへ吹き飛んでしまう。何とかしておいちを連れて逃げ出せないものかと、大輔は考え始めた。

だが、大輔の手首をつかむ侍の手の力は強く、とても振りほどけそうにない。そうこうするうち、やがて大輔たちの進む道の果てが見えてきた。その道は雑木林に続いており、よく見ると、その林の中に古ぼけた建物があった。

どうやら、侍はそこを目指しているらしい。近付いてから、その建物が古い寺のようだと、大輔にも分かってきた。ただし、すでに人は住んでいない廃寺のようで、本堂と見える建物は外からの見た目でもかなり傷んでいた。

だが、侍はまったく躊躇することなく、廃寺の本堂へと進み、その戸を開けた。戸を開ける時は両手を使ったため、大輔の体は解き放たれたのだが、おいちは侍の懐に入ったままであり、奪い取る隙はなかった。

戸が開くと、すぐに大輔は中へ連れ込まれ、すぐに侍の刀の下げ緒で両足首を、手拭いを裂いたもので両手首を縛られてしまった。

「……にゃ……あ」

おいちが全身の力を振り絞るような声で鳴いた。

大輔を憐れんでくれているようにも、また、巻き込んでしまってごめんなさいと謝っているようにも聞こえた。大輔は鼻がつんと痛み、思わず泣き出しそうになる。

「おお、お寅や」

おいちの鳴き声に、侍が反応した。

(お寅――？)

情けなく不安な気持ちも忘れ、大輔は侍の様子に注目する。侍は猫なで声で懐の中のおいちに呼びかけ、それから大事そうに子猫を取り出した。

「お寅や。お前、すっかり元気を失くしてしまって、かわいそうに」

侍はおいちに優しく語りかける。少なくとも、おいちを大事に思っているのは確かなようだと、大輔は考えた。

しかし、猫はおいちに間違いない。それなのに、どうしてこの侍はお寅と呼びかけているのだろう。もしや、おいちはこの侍の飼い猫で、この侍は侍で、猫にお寅と名付けていたのだろうか。

確かに、おいちにはちゃんとした飼い主がおり、竜晴は預かっているだけということだった。

(いや、このお侍が本当の飼い主だなんてことがあるものか)

それならば、おいちを連れ出して、逃げるように去らなくてもいい。第一、自分をこうしてつかまえ、廃寺に連れてきて縛り上げることからしてふつうではないのだ。

「お前がこんなに弱ってしまったのは、わしと離れ離れになっていたからじゃな。お前はほんにわしのことが大好きで、離れ離れになるのを嫌がっておったからなあ」

侍はしみじみした口調で言うなり、おいちを膝の上に置いて、優しく語り続けた。

だが、おいちの様子はぐったりとしており、大輔の目にも痛々しく見える。

やがて、侍は少し待っているよう、おいちに言い置くと、本堂の外へ出ていった。

「おいち……」

大輔はおいちを呼んでみた。おいちはわずかに首をもたげ、大輔の方に顔を向けたが、鳴き声を上げる元気はなさそうであった。

だが、呼びかけに応じたことで、猫がおいちに間違いないことは分かった。

間もなく、侍が戻ってきたので、大輔は口をつぐんだ。しかし、侍はもはや大輔がいることなど忘れたかのように、おいちにしか目を向けなかった。胡坐（あぐら）をかくと、その上においちを乗せ、手にしている狗尾草――猫戯らしを振って、おいちをあやし始めた。

「ほうれ、お前の大好きな犬の尻尾じゃ。お前はこれで遊ぶのが大好きじゃったろう」

狗尾草の花穂がおいちの頭の上で揺れ動いている。おいちはもうそれに反応する元気もなかった。だが、それでも侍は何とかしておいちを元気にしようと、いつまでも「ほうれ、ほうれ」と狗尾草を振り回し続けていた。

三

大輔がどこぞの廃寺の本堂へ連れていかれたのと同じ頃、小烏神社では――。

「おや、花枝殿もいらしていたのですか。大輔殿はどうしたのです」

と、いつもより早めの往診を終えた泰山が現れ、花枝の姿に相好を崩した。

「大輔がいなくなってしまったのです」

花枝が蒼ざめた顔で訴える。花枝が小烏神社へ現れてから半刻ほどが過ぎていた。

その間、竜晴と花枝、玉水で神社の周辺を捜してはみたが、たまに通りかかる人に尋ねても、大輔を見たという者はおらず、手掛かりも見つかっていない。

「私は一度、家に戻ってみます」

花枝が言い、竜晴と泰山もそれがいいだろうとうなずいた。

「泰山、お前の家も確かめさせてもらいたいのだが」

竜晴の言葉に、泰山はうなずいた。

「ああ、そうだな。大輔殿は私の家の場所を知っているし、念のため見てこよう」

大輔だけでなく、おいちも泰山の家の場所を知っている。

おいちは何者かに連れ去られた見込みが高いが、それが泰山の家で知り合ったという猫の見込みもある。玉水は客人の声を聞いたというが、それが人間とは限らないのだ。折しも墓を荒らす化け猫が江戸を徘徊（はいかい）する昨今、泰山の家に出入りする猫の中に、その化け猫が紛れ込んでいたとしたら――。

「私もお前の家まで行っていいか」

竜晴はさらに泰山に言った。

「ああ、かまわない。ならば共に行こう」

と、泰山はすぐに答える。そこで、留守は玉水に任せ、竜晴と泰山、花枝は神社を後にした。途中で家へ帰る花枝と別れたが、大輔とおいちが見つかったにせよ見つからないにせよ、再び小烏神社へ集まることにしている。

「どうぞ、よろしくお願いします」

花枝は不安そうな表情で頭を下げ、小走りに家へと駆けていった。竜晴と泰山も急ぎ足で泰山の家へと向かう。

（まずは、泰山の家に出入りしているという猫の様子を探らねばならない）

竜晴はひそかにそう考えていた。化け猫が紛れ込んでいたり、取り憑いていたりすれば、すぐに分かるだろう。そうした危険がないと分かれば、改めて猫たちに接触するつもりだった。彼らからおいちに関わる有益な話を聞けるかもしれない。

「何としても、日が暮れるまでに見つけ出さねばな」

泰山の声には焦りが滲んでいた。

やがて、二人は泰山の家へと到着した。

「先に庭の方へと案内してもらえるか」

竜晴は言い、路地の方から薬草畑のある庭へと案内された。

「そういえば、お前が私の家へ来るのは初めてだったか」

今そのことに気づいたという顔つきで、泰山が驚きの声を上げる。

「ふむ。そういえば、そうかもしれん」

竜晴の方はさほど驚きも見せずに応じた。目を油断なく庭のあちこちへ光らせている。怪異や妖の気配はないが、おいちの気配も感じられない。今日ここへ立ち寄ったということもなさそうだった。

「こんな時でなければ、ゆっくりしていってもらいたいところだが……」

泰山は残念そうに言ったが、

「それは別の時にしよう。家の中は念のため、お前が見てきてくれ。私は庭先を検めさせてもらう」

と、竜晴は淡々と述べた。

泰山が分かったと言って家の中へ入ってしまうと、竜晴は右手で印を結び、静かに目を閉じた。

――南泉一文字の付喪神より話を聞いている。子丸という猫の長殿と話がしたい。

ひたすら心で呼びかけ続けると、ややあって、竜晴の目の前に茶虎の猫がのっそりと現れた。気配を察し、竜晴は目を開ける。

――子丸殿だな。

――いかにも。おいち殿のお知り合いでいらっしゃるのですな。しかし、わしらと意を交わすことができる人間がいるとは。

――私は多少の術を操れる。もっとも、すべての猫殿と無言で対話できるわけでもないだろうが。

――なるほど。あなたが話に聞く小烏神社の宮司殿でいらっしゃるか。して、わしらにいかような御用であろうか。

――おいちが姿を消した。また、おいちのことを知る人間の少年も行方知れずだ。ただ、少年の方はおいちの危機に遭遇し、巻き込まれたのだろうと私は考えている。

――何と、おいち殿の行方が分からぬ、と。

子丸の驚きがそのまま竜晴に伝わってきた。その時、竜晴は子丸のすぐ後ろに、いつの間にやら大きな三毛猫と黒猫が現れたことに気づいた。竜晴と子丸の対話に加わってこないので、ひとまず子丸とだけ話を続ける。

――おいちの行方を何としてもつかみたい。そこで、猫殿に助力を仰ぎたいのだ。竜晴が真摯に持ちかけると、子丸は一呼吸の間を置いた後、

――話は分かりました。おいち殿の無事を願う気持ちは我らも同じ。わしを含め、ここにいる十二匹はおいち殿の探索に力をお貸ししよう。

と、返事をした。

――ありがたい。ただし、くれぐれも無茶はしないでほしい。私が求めているのはおいちの居場所だけだ。仮においちが危ない目に遭っていたとしても、私が必ず助け出すゆえ、居場所を見つけたら知らせてくれるだけでいい。

——相分かった。もし発見したら、宮司殿の神社へ知らせに行けばよいのであろうか。

——そうしてもらえるとありがたいが、場所は分かるか。

その時、子丸の後ろに控えていた黒猫が一歩進み出て、竜晴に向かって、鳴き声を発した。

「小烏神社の場所ならば、拙者が知っている。おいち殿を送っていったこともあるゆえ」

黒猫の意を、竜晴は正確に理解した。子丸は竜晴に対して、声を出さずに意を伝えることができるが、黒猫はそれができないのか、慣れていないものと見え、声を発して対話をする。

——この者は亥丸と申す。我らの中でも特に強さを誇る猫だ。小烏神社の場所は亥丸より教えてもらい、皆で分かち合うこととといたす。おいち殿が見つかり次第、すぐに宮司殿に知らせることとといたそう。

最後に、子丸が請け合った。

子丸の従者のごとく、後ろに控えていた三毛猫と、黒猫の亥丸がにゃあと力強い声で鳴く。両者とも必ずおいちを見つけてみせると、気合十分であった。

そこへ、泰山が現れた。

「お、さっそくうちの猫たちと顔を合わせたか」

泰山は「子丸に丑丸に亥丸だな」とすぐに名を言い当てる。おいちからここの猫たちの名について聞いていたとも言えないので、竜晴は黙っていた。

「おいちはいないようだな」

泰山に訊かれ、「ああ」と竜晴は答えた。

「鍵はかけていなかったが、大輔殿が来た気配はなかった」

と、泰山が続けて言う。その時にはもう、三匹の猫たちは庭から姿を消していた。

さっそく仲間を集め、おいちの探索に出向いてくれるらしい。

竜晴と泰山もひとまず花枝との約束通り、小烏神社へ戻ることにした。

神社では、相変わらず泣き出しそうな顔の玉水が待っており、その顔を見れば、大輔とおいちが戻っていないことはすぐに分かる。泰山が一緒なので、小烏丸と抜丸は姿を見せなかった。

花枝はそれからやや遅れて戻ってきたが、その顔も相変わらず浮かぬままで、大輔が家に帰っていないことも明らかだった。大輔のことはすでに親にも伝え、手の空いている奉公人たちを使って、捜し始めたところだという。夕方になっても戻らなければ番屋に届けるつもりのようだと、花枝は告げた。

「本当に、大輔もおいちちゃんも無事でいて」

花枝は両手を顔の前で合わせ、神に祈るように言う。

「手掛かりを得るための手は打ってあります。今しばらく待っていてください」

竜晴は花枝に告げた。

「宮司さまがそうおっしゃるのなら……」

花枝は縋るような目でうなずいた。皆が緊迫した面持ちで待ち受ける小鳥神社に、新たな訪問者が現れたのは、それから半刻ばかり後のことであった。

「おや、お前は亥丸じゃないのか」

と、突然現れた黒猫に、縁側に腰かけていた泰山が急に立ち上がって、驚きに目を瞠（みは）る。

現れたのは、確かに黒猫の亥丸であった。

七章　神は妄執を嫌う

一

黒猫は縁側に立つ竜晴の前までやって来ると、何やら訴えかけるような調子で鳴いた。

「分かった」

と、竜晴はすぐに答えた。

「どうしたのだ、竜晴。お前、まさか猫の言葉を解することができるのか」

泰山が驚きの声を発した。

「それに、その猫は私のところの亥丸のように見えるが……」

と、続けた泰山の言葉に、

「泰山先生は猫を飼っていらしたのですか。もしや、おいちちゃんと仲良しだったとか」

と、花枝が興味を持つ。

「いや、飼い猫というわけではないのですが。それに、おいちと接したはずはないのだが……」

「二人とも聞いてください」

泰山と花枝の口を封じて、竜晴が言った。

「まず、この猫は泰山の知る猫に間違いない。そして、私は猫の言葉を解するわけではないが、一部の猫と意を通じることができる。泰山のもとに出入りしていた猫は賢く、その力を備えていたというわけだ」

そこまで語り、竜晴は花枝に目を向けた。

「この猫はおいちと顔見知りであり、かつ今のおいちの居場所をも突き止めたと言います。そして、大輔殿の顔は知らないのだが、おいちが今いる場所に男の子供が一人、捕らわれているとのこと」

花枝は竜晴の言葉に息を呑んだ。

「捕らえているのは侍のようですが、その男の子はまず大輔殿でしょう。この猫がそこまで案内してくれると言うので、私はすぐに向かいますが、お二人はどうしますか」

「私も参ります」

　花枝が迷うことなく言った。

「私も共に」

　と、泰山もすぐに言う。

「わ、私もお連れください」

　部屋の中から縁側に飛び出してきた玉水も言うが、竜晴は玉水には留守番を命じた。

「念のため、おいちと一緒にいるのが大輔殿でなかった場合に備え、ここで待ち受ける者もいなければならない」

「でも、それなら……」

　抜丸さんと小烏丸さんがいる――と言おうとした玉水の口を、竜晴は目で封じる。玉水ははっと口を閉ざした後、「……分かりました」と小さな声で応じた。

「大丈夫よ、玉水ちゃん。おいちちゃんのことは宮司さまがちゃんと助けてくださるわ。私たちもできることがあれば、お手伝いするから」

　と、花枝が玉水を慰める。

「もしもその間に大輔が戻ってきて、何か困ったことになっていたら、玉水ちゃんが大輔のことを助けてやってちょうだい」

「分かりました」

　と、今度は大きな声で、玉水が答えた。

　その間、竜晴は小烏丸と抜丸に、神社に残って玉水を助けてやるようにと指示を送る。それぞれ了解したとの返事をよこしたので、後は任せたと意を伝え、竜晴は泰山、花枝と共に小烏神社を出発した。

　黒猫の亥丸はまだ空き地の多く残っている浅草方面へ向かって駆け出していった。

　亥丸によって案内された場所は、竜晴も泰山も花枝も初めて見るところであった。

「上野からそんなに離れてはいませんのに、ここはまったく人気がありませんのね」

　花枝は周囲を見回しながら、不安げに呟く。

「おそらく古い寺なのだろうな。今は使われているまい」

　崩れ落ちそうな本堂を少し離れたところから見やりつつ、泰山が言った。本堂の戸は明かりを取るためもあるのか、開け放たれている。それゆえ、三人は中からは見通せぬ場所でいったん足を止めた。

　人間たちに代わって中の様子をひそかにうかがってきた亥丸によれば、侍とおいち、少年はまだ中にいるという。日暮れも迫りつつあったから、このまま手をこまねいているわけにもいかない。

「まずは、様子を見ながら中へ入ることにしましょう。ただし、私が先に参ります。万一のことがあっても、私は自分の身を守れますから、ご案じなく。泰山、お前は何があっても花枝殿のことを守り抜いてくれ」

「分かった」

　と、泰山がしっかり答える。

　竜晴を先頭に、泰山と花枝が横に並ぶ形で続き、一同は本堂の入り口へ向かった。沓(くつ)脱ぎ石を前にした時にはもう、中の様子が竜晴にははっきり見えた。捕らわれの少年はまぎれもなく大輔であり、傍らには侍が一人。その膝の上にはおいちが乗せられており、侍は狗尾草の花穂を振っておいちをあやしている。その侍とは、竜晴が寛永寺で顔を合わせた尾張家の家臣平岩弥五助に間違いなかった。

それを見定めると、竜晴はすぐに印を結んで、呪を唱え出した。

魂捕らわれたれば、魄また動くを得ず。影踏まれたれば、本つ身進むを得ず

ノウマクサンマンダ、バザラダンカン

平岩もまた、竜晴が呪を唱え始めた時には、招かれざる客に気づいていた。が、その時にはもう動くことができなくなっていた。一方、大輔については、不動の金縛りにかけられたわけではないのだが、驚きの余り、凍りついている。

竜晴は呪を唱え終え、平岩が動けなくなっているのを見届けるなり、泰山と花枝を振り返り、

「大輔殿を早く」

と、告げた。弾かれたように、泰山と花枝が竜晴を追い越し、大輔のもとへ駆け

げる。

寄った。二人が大輔の縛めを解いている間に、竜晴は平岩の膝からおいちを救い上
「宮司さま……」

と、おいちが弱々しい声で鳴いた。

「もう大事ない。それから鳴き声を上げずに、心の中で念じてくれれば意は通じる。

やってみるとよい」

竜晴が勧めると、おいちはかすかにうなずき、声にはならぬ言葉を伝えてきた。

――助けてくれてありがとうございます。大輔さんも無事ですよね。

――ああ、大事ないだろう。お前がここにいることは、亥丸が知らせてくれた。

後で、感謝を述べるといい。

――分かりました。あのう、このお侍さまはいちのご主人さまに仕えている人です。いちの本体の刀を大事に大事にしてくれました。

――うむ。平岩弥五助というお方だ。私も顔を知っている。その人がどうしてお前をさらったか、分かるか。

――たぶん、今のこの人はそのお侍さまじゃありません。いちに向かって『お

寅』と呼びかけてきたんです。ずっと、いちのことを『お寅』だと思い込んで、いろいろ話しかけてきました。

──そうか。やはり、何かに憑かれているのだな。

竜晴はおいちの報告に納得してうなずいた。

──宮司さま。この人は悪い人じゃありません。大輔さんをつかまえたけど、邪魔されたくなかっただけみたいです。他には何もしていません。だから、この人の言うことを聞いてあげてくれませんか。いちには何を言っているのか、よく分からなくて。

そう伝えてきた後、おいちは最後の力を振り絞るかのように、にゃあと鳴いた。

「ああ、分かった」

と、おいちの頭を撫ぜて、竜晴も口に出して言う。

その時には、縛めを解いてもらった大輔が、口を利ける状態を取り戻していた。

「竜晴さま。本当に悪かったよ」

大輔は開口一番、謝罪の言葉を口にした。

「俺、そこのお侍さまがおいちを連れていくのを見かけてさ。何かあると思ったんで、あとをつけたんだけど、つかまっちまった。何かされたわけじゃないんだけど、その人、何だか怖くてさ。おいちに向かって『お寅』とか猫なで声で呼びかけてた。おいちが弱っちまってるのに、そのことには気づいてないっていうか、ずっと無視していて、とにかくかわいがってやりゃあいいと思ってるみたいで」

大輔はこれまでため込んでいたものを一気に吐き出すという調子で、立て続けにしゃべった。

「ふむ。おそらく何かに憑かれているのだろうな」

「俺もそう思った。で、この人、今は術にかけられて動けなくなってるのか？」

今、気づいたという様子で、大輔はまじまじと平岩を見つめた。

「このお侍は尾張大納言家に仕える方で、平岩殿とおっしゃる。寛永寺に出入りなさっていたので、私も顔を知っていた。しかし、大輔殿を捕らえたのは、平岩殿ではなく、平岩殿に憑いた何かだろう。まずは、平岩殿の体にかけた術を解き、その何ものかから話を聞こうと思うが、かまわないだろうか」

竜晴はまず大輔を見て言い、大輔が何度もうなずくのを見届けてから、花枝、泰山へと目を移した。

花枝と泰山もそれぞれうなずいてみせる。こういう場面に出くわすのは初めてではなかったし、花枝自身はものに憑かれた経験もあったから、いずれも度胸が据わっていた。

「その人……ええと、お侍さまじゃなくて、憑いている誰かさんの方だけど、悪い人じゃないと思うんだよ。怖かったんだけどさ、その、おいちをかわいがる様子は本当に優しかったし。まあ、おいちじゃない別の猫だと勘違いしてるみたいだけど、犬や猫をかわいがる人に悪い人はいないって言うじゃんか」

大輔は、自分を捕らえた相手を必死に庇おうとしているかのようであった。

「大輔殿の気持ちはよく分かった。大輔殿もおいちも無事だったのだし、私も悪いようにはしないつもりだ。この世に心を残しているのなら、それをどうにかして成仏してほしいと思う。とはいえ、まったく危険がないとは言えない。まずは、三人とも少し離れていてもらいたい。できれば、戸の近くがいいだろう」

竜晴はそう言い、泰山と花枝、大輔に場所を移すよう勧めた。その上で、何かあれば、花枝と大輔をすぐに外へ連れ出すよう泰山に念を押し、改めて平岩に向き直った。

平岩は狗尾草を持つ手を上げた格好のまま、固まっている。

「解」

竜晴は不動の金縛りの術を解いた。

その途端、平岩の上半身が崩れ落ち、平岩は両手を床について体を支える。それから、顔を上げると竜晴をまじまじと見つめ、

「拙僧は一体、ここで何を……」

と、茫然と呟いた。その目が竜晴の懐の中に入ったおいちを見るなり、

「お寅」

と、声を上げる。腰を浮かして猫を取り戻そうとするので、

「落ち着いてください」

と、竜晴は穏やかな声で告げた。

「お寅は大事ありません。無論、危害を加えるようなこともありません。ただ、あなたから話を聞く間、私がお預かりしているだけです」

「拙僧から話を……？」

「さようです。まずは、あなたとお寅がどういう関わりなのか、それをお聞きしま

しょうか。そして、お寅がどのように死に、あなたがどのように亡くなったのか、そのこともお聞きしなければなりません」

「お寅が死んだ……？　拙僧も死んだ、とあなたは言うのか」

平岩に憑いた何ものかは愕然とした表情を浮かべた。

「はい。そうでなければ辻褄が合わぬからです。間違いなく、あなたはすでにこの世の人ではない。まずは、ご自分の身に起こったことを語っていただきましょう。順を追って話していくうち、あなたはご自分が死んだ時のこともはっきりと思い出されるはずです」

竜晴の言葉は聞きようによっては容赦のないものであったが、相手の心にまっすぐ届いたようであった。

「そう……だ。拙僧が……お寅と暮らしていたのは、もうずっと昔のことだ。何年、何十年、いや、何百年も前のこと……」

平岩の体に憑いた何ものかは、遠い昔の記憶をよみがえらせながら、ぽつぽつと語り出した。

二

拙僧は……名を浄空と申しました。いや、そう呼ばれていたのも遠い昔のことで、老年になってからは、ただ山寺の和尚さんと呼ばれておりましたな。

まあ、拙僧の名など、この先の話に何の関わりもござらぬ。

拙僧は大した修行を修めたわけでもなければ、法力があるわけでもない、ただただふつうの僧であった。師匠にお仕えし、やがて寺を任され、法事に呼ばれれば経を唱え、日は過ぎていきました。

しかし、年を取るにつれ、法事に呼ばれることも少なくなってまいりましてな。麓の村に新しい寺ができたこともあり、そこには都で学問を修めた若い僧侶がおりましたとかで、やがて拙僧の寺へは人が参ることもなくなりました。

そんな拙僧の話し相手といえば、ある時、寺に迷い込んできた猫でござりました。雉のような毛並みの虎猫でございましたので、「寅」と名付けて飼い始めたのでございます。お寅はよう懐いてくれましてな。遊び道具など何もない山奥でござりましたが、狗尾草を振ってやると、喜んでくれました。どこにいても、あの狗尾草の花穂に向かってすっ飛んでくるんです。それがまあ、かわゆうてかわゆうて……。

そんなある晩、不思議な夢を見たのでございますよ。

夢には、猫のお寅が出てまいりまして、こんなことを言うのです。

「和尚さんにはかわいがってもらったから恩返しをしようと思います。これから数日の後、麓の村で葬式がありますが、火車という化け猫が現れて、死骸を喰らおうといたします。困り果てた村の人は和尚さんに助けを求めるでしょう。そうしたら、ぜひとも現場へ駆けつけて、お経を唱えてやってください。和尚さんの力で化け猫は消え、皆は和尚さんを称(たた)えるようになるはずです」

目覚めて、お寅にそのことを訊いてみましたが、無論、意など通じはいたしません。ところが、数日後、本当に夢で聞いた通りのことが起こり、呼ばれて駆けつけた拙僧は嵐の中、空に舞い上がった棺を見たのでございます。しかも、大きな化け猫が棺に跳びかかろうとしておりました。ほんに恐ろしい姿をしておりまして、大きさは一軒の家くらいもございましたか。

ところが、そんな恐ろしい化け猫が、拙僧が読経をいたしますと、みるみる弱っていきましてな。最後には棺を放り出し、空の彼方へ消えたのでございます。棺の中の骸は無事でございました。拙僧は亡き人の身内たちからたいそう感謝されまして、その後は村の人々から法事にも呼ばれ、礼金ももらい、暮らしに困ることもなくなったのでございます。

拙僧はありがたくも嬉しくもあり、お寅にはたいそう感謝しておりました。そして、ある時、あの火車が現れる直前、お寅の夢を見たということを人に話したのでございます。すると、いつの間にやらそれが噂になって広がり、いつしか都にまで届いてしまったのでございました。

すると、お寅はたいそう立派な猫だというので、旅の人がお寅を見に寺へやって来るようにもなります。お寅は幸(さち)を招く猫などと言われ、拙僧もお寅を自慢に思っておりました。

それから、半年くらいはお寅との暮らしが続きましたでしょうか。

ある日、都からやって来たお侍たちが、お寅を連れていくと申しました。公方さまがお寅を御覧になりたいと仰せだというのです。ついてはお寅をもらい受けたいと、侍たちは砂金を押し付け、強引にお寅を連れていってしまいました。

　もしも、金を出すからお寅を譲ってくれないかと尋ねてくださったなら、拙僧は断るつもりでした。どれほど金を積まれようとも、お寅のいる暮らしには代えがたいからです。

　しかし、侍たちは初めから拙僧の言葉など聞くつもりはありませんでした。抗うこともできませなんだ……。

　ただただ、お寅が連れていかれるのを、見過ごすより他に為す術はなかったんでございます。

　それでも、公方さまのお膝元で、お寅がかわいがられているというのなら、まだしも心のなだめようがございました。

　それからほどなくして、拙僧は都から来た旅人を通して、とんでもない話を聞いたのでございます。

　公方さまのもとには、一文字派の刀工の手になる素晴らしい刀があったそうなのですが、その刀が手入れのために鞘から出され、部屋の中に立てかけてあったところ、刀に飛びかかった猫が真っ二つに斬られてしまったのだとか。

　その刀は南泉一文字と呼ばれるようになったそうですが、猫の名はどれだけ尋ねても分からなかった。

公方さまのもとに、何匹の猫が飼われているのかは存じません。しかし、斬られた猫はお寅かもしれないのです。拙僧は居ても立ってもいられなくなり、身支度をして都へ上る決意をいたしました。

もう老齢なのだから途中で足腰が立たなくなったらどうする、と村の人々からは止められましたが、お寅の生死が分からぬまま、寺でじっとしていることはできませなんだ。

たかが猫一匹のこと、そう言う人もいましたが、拙僧にとって、お寅はたかが猫一匹などではございません。共に暮らす身内であり、幸を授けてくれた恩人であり、かわゆうてならぬ子か孫のようなものでもある。とうてい放っておくわけにはいきませなんだ……。


浄空と名乗った和尚の話は、そこで唐突に途切れてしまった。

一呼吸置いてからまた話し始めるのかと、竜晴はしばらく待ったが、和尚に憑かれた平岩の体はうな垂れた姿勢のまま、顔を上げる気配がなかった。

「あのさ、それでどうなったの」

遠慮がちに口を挟んだのは、大輔であった。

「お寅とはさ、もう一回、会うことができたの？」

「お寅……」

浄空が飼い猫の名を口にし、顔を上げる。その目が竜晴に抱えられているおいちへとまっすぐ向けられた。

「お寅はそこにいる」

浄空はおいちを指で指し示しながら言った。

「いいえ」

竜晴が有無を言わせぬ強い口ぶりで告げた。

「この猫はあなたのお寅ではありません。確かに似ているのかもしれない。しかし、よく御覧ください。あなたのお寅はこんなに小さくはなかったでしょう」

「お寅は……寺にやって来た時、まだほんの子猫だった……」

「けれど、あなたと共に暮らすうち、次第に大きくなり、立派な成猫になったはずです。おそらく公方さまのもとへ連れていかれた時には大きな猫になっていたことでしょう」

「そう……だったかもしれぬ。お寅を抱えた侍がしきりに重いと言っていた……」

「ならば、この子猫がお寅であるはずがない。あなたはお寅の生死を確かめるため、遠い都へと旅立ったと言いました。それで都には到着したのですか」

「到着……いたしました」

「なるほど。しかし、招かれざる者が公方さまの住まいへ入ることはまず無理でしょう。あなたは都で噂を集めるなり、かつてあなたのもとへ来た侍を探すなりしたのではありませんか」

「お侍は見つかりませんでした……」

「では、南泉一文字に斬られた猫の噂はどうでしたか」

「それは……分かりました。猫が埋められた墓の場所も教えてくれる人がいて……」

「あなたはそこへ行ったのですね」

竜晴の問いかけに、浄空和尚は声もなくうなずいた。

「そこで、分かってしまったのではありませんか。斬られたのがお寅であったということに――」

「……墓を掘り返してでも確かめたいところでした。しかし、埋葬してからもう数ヶ月も経っているというのでは見極めようもありません。それでも都に留まり、毎日墓の前で経を上げておりました。すると、ある時、公方さまのお屋敷に仕えているという侍女が手向けに現れたのです。それで――」

「知ってしまったのですね。死んだのがお寅であったということを――」

「拙僧のせいじゃ」

浄空の口から血を吐くような叫びが漏れた。

「あの時、絶対にお寅は渡さぬと言うべきであった。砂金など受け取ってはならなかった。それでも、侍たちが連れていこうとしたなら、お寅だけを連れて逃げ出すべきだったのです。公方さまに仕えるお侍たちに逆らえば、災いを被るのではないかと恐ろしく、拙僧は口をつぐんでしまいました。その怠慢が、大事なお寅の命を……」

うわあ――と声を上げて、浄空は泣き出した。身を床に投げ出し、這いつくばるようにして全身で泣いている。

竜晴は懐の中のおいちが体を動かそうとしているのを感じ、おいちの首根っこをつかんで床に下ろしてやった。おいちは浄空の近くへ少しずつ歩んでいった。

にゃあ――。

おいちが悲しげな声で鳴く。

「ごめんなさい」

竜晴には、おいちの発する言葉が理解できた。

「お寅ちゃんを斬ったのは、いちの本体の刀なんです。本当にごめんなさい」

おいちは浄空の傍らに寄り添い、何度か鳴いた。その声の言わんとすることが、浄空に通じたかどうかは竜晴にも分からない。ふつうの人間に猫の鳴き声としか聞こえないのは間違いないが、浄空はすでに人ではなくなっている。その耳に、おいちの言葉がきちんと届いていたとしても不思議はないだろう。

おいちが最初に鳴き声を上げた時、浄空の泣き声が一瞬大きくなったことに、竜晴は気づいていた。

「さて、浄空和尚殿」

浄空がさすがに泣き疲れ、その声が次第に収まっていった頃、竜晴はおもむろに切り出した。

「あなたはおそらく故郷の山寺へ帰ることなく、旅先で亡くなったのだろう。もしかしたら、その時のことはよく覚えておらず、自分が死んだことも分かっていなかったのかもしれない。しかし、あなたはすでに人ではない。そもそも、今のあなたはこの平岩弥五助という御仁の体に取り憑いて行動している。その体は平岩殿ののゆえ、返してもらわねばなりません」

「…………」

浄空はやがて静かに泣き終えると、そっと身を起こした。そして、竜晴の前にしっかりと正座をすると、頭を垂れて、両手を合わせた。

「お寅は彼岸(ひがん)であなたを待っていることでしょう」

「はい。ほんにご迷惑をおかけいたしました」

浄空は手を合わせたまま、静かに言う。

「飼い猫に寄せるあなたの優しさは決して非難されるようなものではない。しかし、出家者として持ってはならぬ執心をあなたは抱き続けた」

「……はい」

「悪事も一言、善事も一言。一言で言い離つ神、葛城(かつらぎ)の一言主(ひとことぬし)」

冷たく清浄な竜晴の声が浄空の耳に流れ込む。

「彼岸までは持ち越されるな。神は妄執(もうしゅう)を嫌う」

竜晴はすばやく右手で印を結ぶと、呪を唱え始めた。

火途(かず)、血途(けちず)、刀途(とうず)の三途(さんず)より彼を離れしめ、遍(あまね)く一切を照らす光とならん

オンサンザン、ザンサクソワカ

合掌した浄空の手から光がこぼれ出してくる。それはあっという間に広がって、浄空とおいちの体を包み込んだ。そして、一瞬後には、竜晴が右手を振り上げるのと時を合わせ、本堂の天井へと吸い込まれるように、流れ去っていった。

その途端、浄空の――いや、浄空の魂が抜けた平岩弥五助の上半身が力を失くしたように崩れ落ちる。

「おっと」

泰山が進み出て、竜晴と一緒に平岩の体を支えた。

「こういうことにも、もう慣れてきたからな」

と、泰山は竜晴に向かって告げた。

「この人のことは気がつかれるまで、ここで私が様子を見よう。もう大事ないのだろう」

「ああ。あの和尚に憑かれていた時のことは覚えていないだろうが、ご自分のことははっきり分かるはずだ。いずれにしても、尾張家の家臣平岩弥五助殿で間違いない」

泰山は平岩の素性を復唱し、後は任せてくれと言った。

取りあえず、大輔は一刻も早く家へ帰し、親や奉公人を安心させてやった方がいい。竜晴もまた、少しでも早くおいちを小烏神社へ連れていき、本体の南泉一文字に戻してやらねばならなかった。

そこで、その場には泰山だけを残して、竜晴たちは引き揚げることにした。

(亥丸はいないな)

竜晴は本堂の外でそのことを確かめ、おそらく他の仲間の猫たちに知らせるため、先に小烏神社か泰山の家かどちらかへ向かったのだろうと考えた。

上野の町へ入ったところで、花枝と大輔とも別れ、竜晴は小烏神社へと急ぐ。

「もうしばらくの辛抱だ」

竜晴はおいちを励まし、やがて見えてきた鳥居を潜り抜けた。その瞬間、かつてこの社で感じたことのない不快で忌まわしい気配が竜晴に襲い掛かってきた。

三

竜晴が奥の住まいへ駆けつけると、庭先では小烏丸と抜丸、それに玉水が正気を失くしていた。

カラスの形の小烏丸と、白蛇の抜丸はぐったりとした様子で地面に伏せており、玉水は地面にぺたりと尻を付けて座り込んでいる。いずれも竜晴が来たことにさえ気づいていなかった。

竜晴はひとまずおいちを家の中へ入れ、天海を通して借り受けた南泉一文字の刀に戻っているようにと告げた。皆の様子を案じる表情を見せながらも、まずは自らが力を取り戻さねば何もできぬと、おいちは言われた通り、本体の中へと戻っていく。その姿が瞬く間に本体の刀へ吸い込まれるのを見届けてから、竜晴は庭に取って返した。

「小烏丸、抜丸、どうした。玉水よ、しっかりいたせ」

三者ともふつうの生き物というわけではないので、めったなことで命の危険にさらされるようなことはない。皆が一応無事であることはすでに竜晴の察するところであったが、これまで経験したことのない危険が、竜晴の留守中に襲い掛かったことは確かであった。

竜晴の知る限り、小烏丸と抜丸が茫然自失に見舞われたということはない。二柱とも単独での力はさほどでないにしても、脅威に対して立ち向かっていく気概もあれば、怪異と戦う術も知っている。

「よほど強力な物の怪にでもやられたか」

竜晴は呟き、それから祓え詞を唱えた。

「……祓戸の大神たち、もろもろの禍事、罪、穢れ、あらんをば祓いたまい、清めたまえ」

略式のものであるが、その後、喝を入れると、二柱の付喪神と気狐ははっと意識を取り戻した。

「……あ、竜晴」

「竜晴……さま」

付喪神たちはそれぞれ夢から覚めたような声を上げたのだが、一瞬の後、大声でわんわん泣き出したのは玉水であった。しかも、人に変化(へんげ)した姿でい続けることができなくなったらしく、泣き出すと同時に、狐の姿に戻ってしまっている。

「どうしたのだ」

竜晴が尋ねても、おいおいと泣くばかりで、説明できる様子ではない。

「……竜晴」

小烏丸がおもむろに口を開いた。玉水の泣き声に消されてしまいそうな声であった。

「忌まわしきことがあったのだろう。ありのままに話してくれ」

竜晴は二柱を促した。

「うむ」

小烏丸がうなずいた。

「お留守の間に、猫が大勢まいりました。先に来た黒猫も含め、ぜんぶで十二匹の猫が……」

　と、抜丸が言う。

「ここへ集まることにしていたそうだ。おいちの身を皆、案じていたらしい」

　黒猫の亥丸が竜晴たちを案内している間に、他の猫たちもおいちが見つかったことを聞き、ここへ集まってきた。そして、亥丸もまた、竜晴たちが浄空和尚の成仏に立ち会っている間に、こちらへ戻ってきていたという。

　彼らは皆、おいちが元気になるのを見届けてから帰るつもりでいたらしい。ところが、

「そこへ、恐ろしい物の怪が現れた」

　小烏丸が声を震わせて告げた。

「化け猫だ。見たこともない大きさの……」

「先だって、四谷で戦った二尾の妖狐くらいはありました」

　その妖狐には竜晴も立ち向かったから分かる。身の丈は人の倍以上もある大狐であった。それと同じくらいの化け猫が、小烏神社に攻撃を仕掛けてきたというのか。

「もしや、それは江戸に現れたという火車ではないのか」

「そうかもしれません。猫の形をしていたことは間違いありませんので」

竜晴の言葉に、抜丸がうなずいた。

「しかし、その妖怪は人の骸を喰らうはず。何ゆえ、この社へ攻撃を仕掛けてきたものか」

小烏神社に遺骸はない。墓場もない。墓を備えた寺が襲われるというのなら分からなくないが……。竜晴がそう考えをめぐらした時、

「あの化け猫はおいちを狙っていたのではないだろうか」

と、小烏丸が言い出した。

「おいちを——？」

「うむ。やって来た時、端から我々や玉水には見向きもしなかったのだ。我らも化け猫めと戦おうとしたのだが、それより早く、奴はあっという間に猫どもを喰らってしまった」

「何。それでは、ここに集まったという十二匹の猫たちは……」

「うむ。一匹残らず、化け猫に喰われてしまった」

無念だ――と、小烏丸は続けて呟いた。

「化け猫めは猫たちを喰らうや、我らには見向きもせず、あっという間に去ってしまったのです。それゆえ、仇を討ってやることさえできませんでした」

抜丸が無念そうに唇を噛み、玉水の泣き声がいっそう高くなった。玉水は好きなだけ泣かせてやろうと、竜晴も付喪神たちもかまわず、自分たちの話を続けた。

「化け猫がおいちを狙っていたと考える理由は、そやつが猫を標的にしていたからだな」

竜晴が小烏丸に目を向けて問うと、小烏丸はうなずいた。

「うむ。おそらく、奴はその中においちがいると思ったのだろう。だが、付喪神の猫と本物の猫を見極めることができなかった。ならばすべて喰らってしまえばよいと、考えたのではないかと思う」

「化け猫がおいちを喰らおうとする理由は分かるか」

これについては、抜丸が進み出て「一つ思い当たることがあります」と言う。

「おいちは――というより、南泉一文字は猫を斬った逸話を持つ名刀です。ただの刀である間は、人が使わぬ限り何もできませんが、付喪神としての力を得れば話は別です。付喪神自身が邪なものを退治することもできるわけで、おいちはいずれ、猫の怪異を斬る付喪神となるのではないでしょうか」

「なるほど、火車の化け猫はそれを恐れていたということか」

竜晴はおもむろにうなずいた。

「それに、ああした妖は霊力のあるものを体内に取り込めば、力を増すということもあるそうだぞ」

と、小烏丸が付け加える。

「おいちが成長して強くなれば、自分の方がやられてしまうが、子猫ほどの大きさしかない今ならば喰らうこともできるのだろう」

「それで、火車はおいちを喰らい、自らの脅威を除くと同時に、自分の力も高めようとしたわけだな」

「そうだ。それに、霊力のあるものを喰らうといっても、何でもかんでも喰らえばいいというわけではない。下手をすれば、妖そのものの崩壊や死を招く。ところが、自身とつながりのあるものであれば、それだけ力も融合しやすい」

「なるほど。同じ猫の形をしたおいちであれば、火車にとっては喰らうのに都合がよい相手というわけか」

　竜晴は、おいちが尾張家に戻った時、危険を感じたと言っていたことを思い出した。また、おいちは付喪神として生まれる前、それを阻む力が働いていたとも訴えていた。

　それが、火車によるものだったと考えれば、すべて納得がいく。

「私は、おいちが生まれる際、刀から黒い影のようなものが抜け出るのを見ていたのだ」

　と、竜晴は付喪神たちに打ち明けた。また、つい先ほどまで浅草の廃寺で、相対していた浄空和尚の、お寅という猫への妄執についても、手短に語った。

「おいちと共に現れた黒い影を、私は今の今まで浄空和尚の妄執だろうと思い込んでいた。しかし、よく考えれば、和尚がお寅とそっくりのおいちに危害を及ぼすことはないのだ。とすれば――」

「その黒い影とやらは和尚の妄執ではなく、おいちを喰らおうとする化け猫の妄執だったというわけか」

　小烏丸が竜晴の考えを読み取って言う。

「竜晴さま、いずれにしても、化け猫めも目当てのおいちを喰えなかったことにはもう気づいていることでしょう。とすれば、再びおいちを狙ってくるのは間違いありません。また、おいちばかりでなく、人の死骸も奴の食い物にされる危険があります。放っておけば、奴は次第に力をつけ、何をするか分かりません」

「無論、このままにはしておかぬ。火車の件は大僧正さまにも調べをお願いしているから、すぐにでも伺い、このこともお伝えせねば——」

竜晴が言い、小烏丸と抜丸を伴うべく、その準備をしかけたところへ、

——宮司さま。

と、呼びかけてきたのは、おいちであった。

先ほど声を上げずに対話する方法を習得したばかりだが、もう使いこなしているらしい。

——おいちだな。今は本体の中にいるのであろう。

——はい、宮司さま。だいぶ元気になりました。

——それでも、かなり弱っていたのだ。今しばらく中に入っているのだぞ。

——はい。でも、今のお話、ぜんぶ聞いてました。子丸さんも丑丸さんも亥丸さ

んも食べられちゃったって、本当のことなんですか。

——ああ。つらいだろうが、事実として受け止めるしかない。

——分かっています。平岩さまに取り憑いた和尚さんがちゃんと受け止めたの、立派だといいちは思いました。でも……。

おいちの対話はいったん途切れ、ややあってから悲壮な調子で続けられた。

——いちは皆の仇を討ちたいです。いちのことも刀ごと連れていってください。

刀の中に留まる時が長ければ長いほど、おいちは力を取り戻すことができるだろう。だから、刀ごと移動させるのは特に問題となるわけではない。

しかし、火車と対峙する危険な場所へ、尾張家の宝である名刀を持ち運んでよいものかどうか。竜晴の心にも躊躇が生まれていた。

「竜晴」

と、小烏丸が声をかける。その声の調子と眼差しの強さは、今のおいちと竜晴の対話を聞いていたことがうかがえた。

「竜晴さま、お願いします」

と、抜丸が小烏丸よりもはっきりと己が意を伝えてくる。

おいちを連れていってやってくれ——と兄貴分の付喪神たちは訴えていた。

「我らも共に行く。おいちのことは何があっても守る」

「その通りです。おいちを守り通しさえすれば、本体の刀が傷つくことはありません」

二柱の望みを斥けることはできなかった。

「分かった。南泉一文字の刀は私が持つ。いざという時はお前たちに任せるぞ」

竜晴は二柱をすぐに人型に変えると、南泉一文字を携え、寛永寺へと急いだ。

八章　猫の恩返し

一

竜晴が人型の小烏丸と抜丸を連れ、寛永寺の庫裏へ到着した時、そこには申し合わせたように旗本の伊勢貞衡がいた。あのアサマの主人であるのだが、もちろんこのことは偶然である。

ただし、必要とされるべき時や場所に、必要とされる人やものがある――そういうことは往々にしてあると知る竜晴にとっては、さして驚くことではない。

とはいえ、竜晴と鉢合わせした貞衡は驚きの表情を見せた。

「ちょうど、大僧正さまと賀茂殿から頼まれた仕事について、知らせに参ったところなのです。その折も折、賀茂殿がお越しになられるとは――」

竜晴にはこちらの動きがすべて読み取られているのではないかと言いつつも、これまでいくつもの戦いを共にした経験があるせいか、貞衡は驚きから覚めるのも早かった。

「仕事とは、例の火車が現れた場所を探っていただきたいというお願いのことでございますか」

竜晴は挨拶を終えるなり、すぐ本題に入った。

「さようでござる」

貞衡はすぐにうなずいた。

「もちろん広く町の噂を拾うように努めましたが、その一方で、賀茂殿のご指摘の通り、江戸の南――すなわち芝(しば)の辺りを中心にお調べいたしました」

「それで、結果のほどは――」

貞衡はこの時は直に答えず、天海を立てるようにそちらへ目を向けた。

「その件についてては、ただ今、伊勢殿よりお聞きしたところであった」

と、天海があとを引き取って言う。

「やはり、賀茂殿の予測が当たり、火車は芝の辺りの寺を狙っており申した。あの辺りには将軍家ゆかりの増上寺(ぞうじょうじ)もござる。あれは江戸の南というより、裏鬼門の未(ひつじ)

申に当たるが、万一にも増上寺が狙われることなどなきよう警備も厚くいたした」

「それはようございました。増上寺が狙われることはさすがにないと存じますが、用心に越したことはありません」

「ところで、なぜ南とおっしゃったのか。その理由をお聞きいたしたいと思っていた次第」

　貞衡が竜晴に目を向けて問う。

「大僧正さまは、推測していることはあるが、賀茂殿から直に聞いたわけではないと、お答えを控えておられたので」

「それについては、『火車』という名によるものです。火は陰陽五行の思想から、方角では南、季節では夏、色では朱を表すもの。だから火車があえて南を狙ったということではありません。妖にそこまでの教養や知恵はない。ただ、本能から南で力を行使しやすいことには気づくものです。それゆえ、闇雲に探すよりは南を当たっていただきたいと、前もって大僧正さまに申し上げておきました」

「なるほど、それですべてが了解いたしました」

　貞衡がすっきりした表情になったところで、竜晴は「そのことで大事なお話があります」と先を続けた。

天海と貞衡がおもむろにうなずき、表情を引き締める。

「実は、私の社に火車がやってまいり、たまたまそこにいた野良猫たちを襲いました」

竜晴は自分の留守中の出来事であり、事情は留守番をしていたものから聞いたとして、要点を語った。話を伝えてくれたのは、小烏丸と抜丸の付喪神だが、その正体については貞衡に明かすわけにはいかない。貞衡も竜晴のもとにいる弟子か使用人から聞いたのだろうと思ったらしく、特に問いただしてはこなかった。

「火車という化け猫は、人の骸を喰らうと聞きましたが、生きている本物の猫も襲うのですか」

貞衡が問いかけたが、

「そのことについては、私もまだ解明できていません。ただ、猫が襲われたのは事実です。そして、どうやら力をつけつつある火車を放置しておくわけにはいきません」

と、竜晴は答えた。

「無論でござる。そして、ただ今の賀茂殿の言葉によれば、悠長にしてはおられぬということですな」

　天海がすかさず言い、竜晴はうなずいた。

「おそらく、火車は芝の辺りを根城に動いているでしょう。そこで、近頃、死者を葬った芝周辺の寺で、伊勢殿にお心当たりのところはないでしょうか」

「それについては、葬儀のことも調べておくよう、大僧正さまに言われておりましたのでな。ここに家臣どもの調べてきた結果がまとめてございます」

　貞衡は懐から一枚の紙を取り出し、天海の方に向けて広げてみせた。竜晴も場所を移し、三人で紙をのぞき込む。それは簡略な描き方ながら、芝の辺りの地図であった。貞衡は扇子を取り出すと、その端を紙の上に置きながら、寺の名とそこに書かれた数字――すなわち、いつ何件の葬儀が行われたか、ということについて語り出した。その中の三件は五日以上前のことで、すでに火車に襲われたという被害が出た寺であった。

「すると、死者が葬られて、火車が出ていないという寺はここと、ここ、二か所だけでしょうか」

竜晴が印と数字のつけられた場所を、指で示しながら言う。

「さよう。しかし、こちらの死者は当人のたっての願いにより、浅草で荼毘にふされたとのこと」

と、貞衡が細かい仕事ぶりを披露した。

「ならば、残るは一つ、この曹龍寺だけでございますね」

竜晴が念を押し、貞衡がしっかりとうなずき返す。

「では、私はただちにそちらへ参ろうと存じます」

竜晴が告げた。後ろに座っていた付喪神たちがそそくさと立ち上がる。

「火車を倒しに行かれるとあれば、拙僧も参ろう」

「無論、それがしもお供いたします」

天海と貞衡もすかさず言った。

「この度の敵は手ごわいものとお覚悟ください」

「やれやれ。これまでもそれなりに手ごわい敵であったものだが……」

さほど深刻そうな表情ではないのだが、天海が口先だけは嘆いてみせた。

「何の、お二方がおられれば、いかなる妖とて物の数ではありますまい」

貞衡が天海と竜晴に信頼のこもった眼差しを向けて言う。

「あまりお役に立てぬやもしれませぬが、万一にも剣や素手の戦いになった時には、それがしもお助けいたしますぞ」

貞衡の声には自信がみなぎっていた。その眼差しがつと竜晴の脇に置かれた刀へと注がれる。

「それにしても、賀茂殿が得物をお持ちとはめずらしい」

貞衡が意外そうな声で言った。

「しかし、それを拝見して思ったのです。もしや、この度はそれがしのような武辺の者もお役に立てるのではないか、と――」

「とはいえ、その名刀を直に携えて持参なさったはどうかと思いますぞ。所持が許された長さの刀とはいえ、拵えがふつうでないことはすぐに知られてしまうであろうに……」

天海が竜晴に苦言めいたことを言うと、後ろの付喪神たちが色をなした。天海の方はそれが見えぬわけもないのだが、まったく無視している。一方、天海の言葉に驚いたのは貞衡で、

「え、名刀とはどういうことでございますか。それはただの脇差なのでは……？」

と、目を丸くしている。

「ああ、これはただの脇差ではありませんよ」

竜晴は傍らに置いた南泉一文字を左手で持ち上げると、右手の指をぱちんと鳴らした。その途端、貞衡は目を何度もしばたたき、

「何と。これは、尾張さまより見せていただいたことのある名刀、南泉一文字ではございませぬか」

と、茫然とした表情で言った。

「しかし、つい先ほどまでは、どうということもない脇差にしか見えませなんだが」

「なるほど。術を施していたというわけか」

天海が唸るような声で言い、

「大僧正さまには効かなかったようですが」

と、竜晴が応じる。

「いずれにしても、この刀の望みに私は従ったまでのこと」

「なるほど、刀が望んだことと――」

竜晴と天海は二人だけで通じる言葉を交わし合った後、立ち上がった。その時には貞衡も表情を引き締め、自らの刀を手に立ち上がっていた。

「では、芝の曹龍寺へ」

多少の距離があるため、それぞれが駕籠（かご）を使って行き、門前で落ち合うことになった。

寛永寺を出て、二人と離れた隙を狙い、竜晴は小烏丸の人型を解いた。

「お前は先に曹龍寺へ行き、様子を見ておくように。ただし、火車を見つけても飛びかかったりはするな」

竜晴の言葉に、小烏丸は「分かった」と答えて南西の空へ飛び立っていく。

「私が駕籠を拾った後も、抜丸は遅れずについてこられるな」

「承知しております」

人型をしていても、人間のようにしか動けないわけではない。抜丸は決して遅れぬことを約束した。

そして、竜晴は上野の山を下りたところで、駕籠に乗り、芝の曹龍寺へと急いで向かった。

二

曹龍寺の門前に到着したのは、天海の駕籠が最も早く、次に竜晴の駕籠が到着した。

竜晴は空を仰ぎ、ちょうど真上を旋回している黒い影を追う。

「小烏丸ですな」

天海が小声で問い、竜晴は無言でうなずく。すでに駕籠かきたちはいなくなっていたので、竜晴は小烏丸に向けて右腕を差し伸べた。すると、小烏丸がただちに舞い降りてくる。

「火車はこの寺の裏手にある墓地にいる」

と、小烏丸は告げた。

「探索中に見つからなかったであろうな」

「そこは用心した。空から遠目に確かめただけだが、おそらく人の骸を狙っているものと見える。火車は一匹、他の妖はいない。ついでに、我が社を襲ってきた火車と同じ気配がするぞ」

小烏丸の報告に、竜晴の駕籠のあとからついて来た抜丸も「私も同じ気配を感じます」と続けた。

「そうか。では、伊勢殿が到着次第、我々は墓地へと向かう。お前たちは姿を潜めているように」

竜晴はその場で「解」と唱えて、抜丸の人型を解いた。小烏丸を地面に下ろすと、白蛇に変身した抜丸はするすると近付き、その片足に巻き付いていく。

小烏丸はいい気分ではないという様子で、巻き付かれた足と反対の方へ顔を向けていたが、特に文句を言いはしなかった。それから、抜丸を巻き付けたまま、空へと飛び立っていった。

付喪神たちがその場を去ってから間もなく、貞衡を乗せた駕籠がやって来た。

「お待たせして申し訳ない」

と、駕籠から降りた貞衡が竜晴、天海と合流する。貞衡の駕籠の後ろからは息を切らせながらも屈強そうな侍が三名付き従っていた。その三名も含めて、一同は曹龍寺の門をくぐった。

寺の者と行き合わせた場合、天海が対応するというので、竜晴と貞衡も承知していたのだが、境内(けいだい)の様子はどうもおかしい。誰の姿も見えないばかりか、貞衡が「お頼み申す」と声をかけても、出迎えに来る人がまったくいないのだ。

とはいえ、寺の人を探すのに時を費やすわけにもいかない。邪魔立てする者がいないのを幸い、一行は裏手の墓地へと進んだが、

「もしや、寺の人はすでに火車にやられてしまったのだろうか」

途中、貞衡が浮かない顔で言い出した。

「そうかもしれません」

竜晴も周囲を見回しながら、そう言うしかない。

「とはいえ、火車が生きている人を襲ったという話は聞きませんし、無事の見込みも高いでしょう。まずは、火車を倒すことです」

竜晴がそう言った時、手にした南泉一文字が鞘の中でかたかたと鳴った。

――いちが生まれる時、それを邪魔しようとしたのと同じ気配がします。

おいちがその意を竜晴に伝えてきた。

――なるほど。小烏丸と抜丸は、先に神社を襲ってきた火車と同じ気配がすると言っていた。

と、竜晴も声には出さず返事をする。

――いちに優しくしてくれた子丸さんたちを食べた奴ですね。絶対に許せません。声にはならぬ言葉であっても、その怒りと無念の思いはありのままに伝わってくる。

――いちに仇を討たせてください。

南泉一文字の鳴動が激しくなった。

「やや、これは……」

あまりに刀がかたかたと荒々しい音を立てて鳴り続けるので、貞衡が訝しげな声を発したものの、ちょうどその時、墓地の入り口に達したので、問いかけの言葉はその口から漏れなかった。

「お二方、気を引き締められよ」

と、天海が言う。

「あれが……猫の化け物でござりますか」

貞衡が墓の中央部分にうずくまる禍々しい気配に目を凝らしながら、ごくりと唾を吞み込んだ。

「火車……ですね」

竜晴も化け物に目を据えたまま呟いた。

猫の姿をしているが、大きさは大柄な人間の倍以上はある。全体を赤黒い剛毛が覆っており、それが何とも不気味に映った。

その時、風が竜晴たちの方へ吹き付けてきた。鼻の曲がりそうな異臭がする。

「うっ」

と、誰かの口からうめき声が漏れ、皆が鼻を手で覆った。その時、化け猫が不意に竜晴たちの方へ顔を向けた。

猫と言われれば、そう見えないこともないものの、ふつうの猫からはかけ離れた風貌である。

輪郭の辺りまで裂けた大きな口、そこからのぞく血の色の舌、鈍い金色の両眼はらんらんと忌まわしげに燃え盛っていた。

「やあっ！」

その時、天海の口から気合の声が漏れた。印を結ばず、真言も唱えることなく、不動の金縛りにかけたのである。

火車はこちらを向いた姿勢のまま、動かなくなった。

「おお、お見事」

貞衡が天海の力に賞賛の声を上げる。

「いや、このままでは……」

必死に術の力を保とうとしていた天海の口から、苦しげな声が漏れた。貞衡はすかさず刀を引き抜くと、天海の前に塞（ふさ）がるようにして立ち、切っ先を火車の憎悪に燃える眼へと向ける。

「伊勢殿、そのまま何としても大僧正さまをお守りしてください」

竜晴の言葉に、貞衡が「相分かった」と応じる。貞衡の家臣たちも天海の周辺を囲むように立ち、攻撃に備えた。

だが、その瞬間、天海の不動の金縛りの術が解け、火車が空へ飛んだ。そのまま天海たち目掛けて、鋭い爪のついた前脚で襲い掛かろうとする。

「大僧正さま、お下がりくだされっ」

貞衡が叫び、火車の落ちてくる位置――それは天海のいた場所であったが、そこへ自ら移動した。

「おのれ、化け物め」

貞衡が機をよく見て、火車の眉間(みけん)へと刀を振り下ろす。手ごたえがあった瞬間、毛むくじゃらの大きな獣の爪が横合いから襲い掛かってくるのを、貞衡は横目でとらえていた。

「伊勢殿!」

天海の叫び声が耳に届く。再び刀を振り下ろすのも間に合わないと、目を閉じた時、貞衡の体は何ものかによって、どんと横へ突き飛ばされた。不意をくらって、尻餅をつく。

そのお蔭で、貞衡はかろうじて火車の爪の攻撃を食らわずに済んだ。目を開けると、空を飛んでいく黒い影が見えた。

「よくやった」

竜晴の声が高らかに空に響き渡った。

「ぐおぉー、ぐおぉー」

天海にも貞衡にも一撃を与えられず、自らは眉間に一太刀食らった火車が、怒りの咆哮（ほうこう）を放った。いつの間にやら空は陰り、逢魔（おうま）が時（とき）のような薄暗がりの中、火車の姿だけが暗赤色に浮き上がっていた。

「もう一撃来るか」

竜晴は落ち着き払った声で言うと、まだ動けぬ貞衡と火車との間に立ちふさがった。天海はすでに貞衡の家臣たちによって、後方へと移動している。

「伊勢殿も早く大僧正さまのところへ」

竜晴は目を火車に据えたまま、貞衡に告げた。

「お気をつけて」

貞衡は立ち上がると、用心しながら後ろへ下がった。

「悪事を為す妖よ。敵は私だ」

竜晴は火車に向けて言う。火車の両眼が竜晴へと向けられた。それが一瞬、怯んだ様子で瞬いたかと思うと、火車は後方へじりじりと下がっていった。

竜晴を恐れての行動とも見えるが、尻尾を巻いて逃げるつもりはないらしい。竜晴に向けられているその両眼は、いつしか、それまで以上の怒りと憎悪で燃え上がっていた。

竜晴が静かに放つ敵意が自分に対してのものであること、まともに戦えばかなり手ごわい相手であることを、火車もすでに悟っている。

だからこそ、何としてもこの場で倒さねばならぬ相手と、本能が告げたものか。

火車の敵意はまっすぐ竜晴のみに向けられていた。

「かかって来るがよい。私が相手になってやる」

竜晴は火車の目を見て告げた。

「ぐおぉー」

火車の口から再び咆哮が上がる。火車は再び空へ飛び上がった。飛び下りる場所はまぎれもなく竜晴のいるところだ。

火車の体が下降へと向かった瞬間、竜晴は手にしていた南泉一文字を鞘ごと上へ放り投げた。

憤怒の一閃にて、遍く災厄を討ち滅ぼさん

オン、アミリティ、ウン、ハッタ

竜晴が呪を唱え始める。その時、刀は火車よりもさらに高く駆け上がり、そこでするりと刀身が鞘から抜けた。

その瞬間、上空が白銀の神々しい光に包まれ、火車の体から放たれる禍々しい気を圧倒する。

南泉一文字の刀身は真下にいる火車の体を一刀両断――かつて哀れな猫を斬った伝承そのまま、化け猫を真っ二つに斬り裂いたのであった。

竜晴は南泉一文字を回収すると、刀身とは別に空から落ちてきた鞘にきちんと納めた。切り裂かれた火車の体はすでに煙となって消え失せている。

火車が暴れていた間、暗く陰っていた空もふだんの通りの明るさに戻り、今は夕暮れ間近の淡い光が辺りを照らし出していた。

「ご苦労さまでござった。賀茂殿はご無事であらせられるな」

と、天海が竜晴を労った。

「まことに、この度は賀茂殿に助けられました。腑甲斐ないことで申し訳ない」

貞衡が折り目正しく頭を下げる。

「いえ、お二方のお働きがあってこそ、敵をうまく動かすことができたのです。それに、この度の功績は私ではなく、この刀でございましょう」

竜晴は手にした南泉一文字をしっかりと握り締めて言う。一仕事を果たして休んでいるのか、付喪神のおいちからの反応はなかった。

「ひとまず、これにて江戸を騒がせていた墓荒らしの件は解決となりましたな」

ほっとした様子で呟く天海の言葉に、竜晴と貞衡がそれぞれうなずく。

「しかし、ようもまあ、やってくれたものだ」

火車によって途中まで掘り返された墓を見やりながら、天海が痛ましげに言った。

その時、本堂や庫裏の方から人のやって来る気配がした。

「何があった」

「あなた方はいったいどちらから？」

驚きの声を上げているのは、寺の僧侶や小僧たちのようである。どうやら、火車の邪(よこしま)な力で眠らされていたか、気を失っていたらしい。

「ここの対応は拙僧に任せていただきたい」

天海が曹龍寺とのやり取りは引き受けてくれたので、竜晴と貞衡は先に帰ることになった。

「南泉一文字はこのまま持ち帰らせていただき、日を改めてお返しに伺います」

竜晴の言葉に天海は「承知」と答えた。

それから曹龍寺を出て、貞衡とも別れると、竜晴は改めて南泉一文字に思いを寄せた。

（まずは、ゆっくりと休むことだ）

静かに語りかけてしばらく待ったが、言葉の応答も刀の鳴動もない。

にゃあ――。

つと猫の鳴き声がして、竜晴は驚いた。顔をそちらへ向けると、一匹の猫が竜晴の方をうかがっている。

おいちとは似ても似つかぬ、毛に灰色の混じった大きな三毛猫であった。特にこれという力を持たぬふつうの猫だ。竜晴はおいちの小さな姿を目に浮かべ、妙に懐かしい気持ちになった。

（ゆっくり休んで、早く戻ってくるのだぞ）

心の中でそう呼びかけ、もはや返事を待つことはなく、竜晴は小烏神社へ向けて歩き出した。その上を、足に白いものを絡みつかせたカラスがゆっくりと旋回していたが、やがて、その影は上野方面へと遠ざかっていった。

三

これより、数百年の昔のこと。

太刀、小烏丸の主人である平重盛は、元より信心深い男であった。その父清盛もなかなか信心深かったから、血筋なのかもしれない。

清盛は自らと一族の栄達を厳島の神々に祈り、まさにその恩恵を受けるかのように出世を果たすと、厳島神社を再建した。そういう神々への奉仕にも熱心な男だった。

厳島神社に祀られている神は、宗像三女神と呼ばれる姫神たちで、そのせいか、清盛は女人にまつわる縁に幸運がついている——少なくとも、小烏丸の目にはそう映っていた。

清盛の生母の姉は、白河上皇の寵愛を受け、祇園女御と呼ばれた女人。

清盛の最初の妻――つまり重盛の母となった人だが、その異父妹は摂関家の当主藤原忠実を父に持つ。

清盛の二番目の妻の異母妹は、後白河上皇の寵愛を受けて、高倉上皇の生母となった建春門院。

さらに、この二番目の妻が産んだ娘の徳子は、高倉上皇の中宮となって、安徳天皇をお産みした。

つきにつきまくっていると言ってもいい。宗像三女神が清盛の周辺に現れる女人たちに、続々とその力を貸し与えたとしか思えなかった。

だが――。

光の当たる人物がいれば、影を引き受ける人物も必ずいる。人の世とはそういうものであり、神と人との誓約とはそういう形でしか成立しないものだからだ。

清盛が受けた栄達の影の部分を引き受けたのが、長男の重盛だった。どうして重盛でなければならなかったのか、それは小烏丸にも分からない。神とは気まぐれなものだから。重盛の何かがお気に召したか、あるいは気に障ったか。とにかく人の身には理解できないような理由で、人の運命を左右する。

（四代さまがかわいそうじゃないか）

と、小烏丸は常日頃から思っていた。

四代——というのは、重盛の幼名である。重盛がまだ四代と呼ばれていた幼い頃、小烏丸は清盛から重盛へと譲られた。以来、ずっと重盛と共にあったので、元服した後もついつい幼名で呼んでしまうのだ。

小烏丸は、かつての主人である清盛の豪快な人柄を嫌いではない。

だが、清盛に光が当たれば当たるほど、そのつけが重盛に回ってくる——と気づいてからは、すっかり重盛の味方になった。もし自分に力があるのなら、清盛のもとへやって来る幸運をかき集めて、重盛に渡してやりたい。

何とも気の毒なことに、重盛はその寿命さえもう尽きようとしているのだから。

ああ、自分はただの刀として生まれたが、何とかして神になれないものか。持ち主の力になってやれる付喪神に——。無論、宗像三女神に対抗できるほどの力を得ることはできないだろうけれども。

付喪神としての生を享ける前、すでに物事を見聞きし、考える力を備えていた小烏丸は、そのように強く願っていたのだった。

そんなある日、重盛は小烏丸を携え、北野天満宮へ参詣した。

北野天満宮に祀られている神は、かつて人であった菅原道真である。政争の敗者となって、流罪も同然の形で大宰府へ追われ、その地で死んだという。死後は怨霊となって政敵やその子孫に祟りをなしたため、神として祀られることになったそうだ。

この頃はすでに「天神」として崇められていたが、そういう人物に何を思うのか、重盛は参詣に出向いたのであった。

北野天満宮には梅の木が多く植えられている。道真が生前、好んだのだとか。秋のことで花は咲いていなかったが、もう少しすれば、色づいた葉を楽しむこともできそうであった。重盛はそこで足を止めると、満開の花の光景でも思い浮かべているのか、束の間目を閉じていた。

その時だった。

にゃあ――という猫の鳴き声がして、重盛は目を開けた。いつの間に現れたのか、真っ白な毛並みの猫が重盛の方へ近付いてくる。

まるで白雪で作られたかのような、品のある美しい猫であった。神社で飼われているのだろうかと小烏丸が思っていたら、猫は重盛の足もとまで寄ってきて足を止めると、体を重盛の足にこすり付けるような真似をする。

重盛が目を細めてかがみ込み、その頭を撫ぜると、猫は重盛を見上げ、甘えた声で鳴いた。それから、まるで重盛を誘うような様子で、来た道を戻り出した。

いかにもついて来てくれと言わんばかりに、少し行っては立ち止まり、重盛がついて来ているかを確かめるようなそぶりをする。

重盛は白猫のあとについて、神社の奥へと進んでいった。拝殿の横を通り抜け、さらにその奥にある本殿の方へ猫は歩み続ける。ところが、白猫が本殿の軒下まで達したところで、

「どなたでしょうか」

と、白の小袖と袴に身を包んだ神職の男が現れた。

「これは大変失礼いたしました。私は小松重盛と申す者」

重盛は丁重な態度で挨拶した。

「これは、小松内府さまであらせられましたか」

神職は驚きの声を上げ、「失礼をいたしました」と謝罪した。

「しかし、内府さまともあろうお方が供も連れずに、お出ましになられるとは」

「何、天神さまの御前にて、無体を働こうとする輩もありますまい。それに、私も武士の端くれ。供がおらずとも、この小烏丸さえあれば――」

と、重盛は小烏丸の柄に触れた。小烏丸は喜ばしさと誇らしさに奮い立つ思いを抱いた。

その後、重盛は白猫を見かけたこと、猫に導かれるままここまで入り込んでしまったことを、神職に話した。

「つい、先ほどまでここにいたのですが……」

重盛は辺りを見回したが、すでに白猫の姿は消えていた。

「あの白猫はこの社で飼っておられるのですか」

重盛が問うと、神職は「いいえ」と首を横に振った。

「では、野に生きる猫が入り込んできたということでしょうか」

「確かにそういう猫は時折見かけますが、たいていは虎猫です。真っ白な猫はめったにいないですから、ふつうはどこぞのお邸の飼い猫のはずですが……」

「そう言われればそうですな」

重盛も神職の言葉に納得した。確かにあの白猫が野に生きる猫とは考えにくいと、小烏丸も思った。

近くの公家の邸で飼われていた猫が逃げ出してきたのだろうか。

「あるいは……」

神職がふと思いついた表情で呟いた。

「その白猫は……」

神職は重盛に真剣な眼差しを向けると、一緒に来てほしいと言い出した。それまでとは違う様子を訝しく思いながらも、重盛は神職のあとについて行った。

神職が重盛を案内したのは、通常ならば、外部の者が立ち入ることのない本殿の中であった。そこで、神職はたいそう厳重に布で包まれた箱を取り出し、中を開けてみせた。現れたのは一振りの太刀であった。

「銘を猫丸といいます」

白鞘の拵えが実に美しい。

小烏丸自身も相手の気品に圧倒されていた。

神職は余所の人には見せないものであると断りつつも、重盛に猫丸を手にしてかまわないと言った。重盛は少し躊躇っていたが、そこは何と言っても武人である。見事な太刀を目の前にすれば、鞘から抜いてみたいと思うのが当たり前であった。

重盛は神職の親切に感謝しつつ、猫丸の柄を握った。鯉口を切り、刀を抜くと、刀身がほんの三寸ばかり現れた。その瞬間、刀身が真っ白な輝きを放った。外から射し込む陽の光が、たまたま刀身を直撃したのだろうか。いや、それだけとは思えぬ輝きだったと小烏丸は思うのだが、刀身が真っ白に光ったのは一瞬だけのことだ。

そして、その直後、重盛は気を失っていた。

「小松内府さまっ！」

神職が重盛の上半身と猫丸の刀を同時に受け止める。

小烏丸も仰天した。重盛は確かに病に侵されている。寝込むほどではなかったので、周囲の者には気づかれていないが、病の重さは重盛自身がよく知っていることだ。そして、常に重盛と共にあり、重盛の心を読むことのできる小烏丸もそのことを知っていた。重盛の命がもう長くはないということも――。

――四代さま。どうかしっかりなさってください。

小烏丸は重盛に呼びかけ、どうか重盛を助けてほしいと神に祈った。

自分がいまだ付喪神になれぬ若輩者であることが恨めしかった。付喪神になれたからといって、人の寿命を延ばせるのかどうかは分からなかったが、少なくともただの刀でいるよりは、重盛の役に立てるだろう。

その時、どういうわけか、小烏丸にとある光景が見えた。どういうからくりなのかはまったく理解できない。ただ、それまで見えていた北野天満宮の本殿の景色が消え、これまで見たことのない光景が現れたのである。

都のどこかの大路(おおじ)のようであった。

しかし、たった今、重盛と一緒に通って来た大路の整然とした様子とは異なり、道の端にはやせ細り、汚れた人々が大勢倒れ込んでいた。虫が集(たか)っているのにまったく動こうとしない人もいる。それがすでに死んだ人の骸であることに、しばらくしてから小烏丸は気づいた。

そういう遺骸があちこちに置き去りにされていた。そして、虚(うつ)ろな眼差しでゆっくりと歩く人々は、そうした死骸にまったく目を向けなかった。生きて動いている人も皆、手足が棒のように細い。

飢餓に見舞われた人々の姿であった。

空には禍々しい陽がじりじりと燃えていた。都を旱魃が襲ったのだ。

干天を横切る黒い影がいくつか見えた。それは、骸に群がる時を待ち受けるカラスの不吉な姿であった——。

「小松内府さま、お気づきになられましたか」

重盛に語りかける神職の声に、小烏丸は我に返った。

気づけば、重盛も意識を取り戻していた。

「ああ、ご迷惑をおかけいたしました。私は気を失っていたのだろうか」

「はい。猫丸をお手になさった途端……」

気を失っていたのは長い時ではなかったと、神職は言った。猫丸はすでに神職の手で箱の中に戻されている。

「この太刀は特別な力を持つと伝えられております。何せ、菅公自らお作りになった刀ということでございますから」

そして、神職は猫丸の由来について語った。菅原道真が作ったという太刀を刀身のまま立てかけておいたところ、ある時、そばを通りかかった猫に倒れかかり、猫なった。
の体を真っ二つに断ってしまったという。それ以来、太刀は猫丸と呼ばれるように
　菅原道真が大宰府に流された後、太刀はめぐりめぐって北野天満宮に奉納された
という。その後はずっと本殿に納められていたのだが、
「先ほどの内府さまの猫のお話を聞いて思ったのです。もしや、その猫とは猫丸の
化身なのではないか、と――。猫丸が内府さまに見ていただきたいと望んでいるの
ではないか、と――」
　と、神職は打ち明けた。それで、重盛を本殿へ案内し、外の人には見せぬ猫丸を
わざわざ見せたのであった。
「確かに、この太刀はふつうの太刀ではない。私が見た猫もおっしゃる通り、猫丸
の化身、あるいは付喪神だったのかもしれません」
　重盛も納得した様子で告げた。
「しかし、あのような事態になり、申し訳ございませんでした。内府さまの御身に
何かあれば……」
「いいえ、あれもまた、猫丸の為せる業。私にあの景色を見せたかったのでしょ

う」

「お気を失われている間に、何を御覧になったのですか」

神職が尋ねると、重盛は少し沈黙した後、

「おそらくは、この都の行く末を――」

とだけ告げた。その物言いがあまりに深刻なふうに聞こえたせいか、神職はさらにくわしい説明を求めはしなかった。重盛もそれ以上、神職に打ち明けることはなく、礼と詫わびを述べて、北野天満宮をあとにした。

帰りがけ、重盛は本殿の周辺を見回したが、あの白猫の姿は見られなかった。

「旱魃が都を襲い、人々は飢えに苦しむ……」

北野天満宮の鳥居を抜け、少し歩いて二条大路に達した時、重盛は一度足を止めて呟いた。

「だが、その時、私は人々を救うことができぬ」

苦痛にまみれた呟きは、重盛自身、すでに長く生きられないと知るからであり、都が飢饉に襲われる頃にはもう、この世にいないと思うからであろう。

「せめて、その時、世にあって人々と苦難を共にすることができるなら」

重盛は小烏丸の柄を強く握り締めながら呟く。

目の前には、ごく穏やかな二条大路の景色が広がっていた。道を行く人々は身ぎれいな形(なり)をし、道の端に打ち捨てられた死骸などはない。

だが、この景色が数年後には、あのすさまじい光景に変わってしまうのかと思うと、小烏丸は恐ろしくなった。重盛の抱くやりきれなさと切なさがそのまま伝わってくるのも悲しかった。

その時、重盛は道端に生えている草につと目を留めた。緑の花穂が重たげに垂れているその草は、猫が喜んで戯れつく草だ。猫戯らしなどと呼ばれるが、狗尾草ともいう。

重盛がその草に目を留めたのは、つい先ほど見かけた猫によるのだろうと、小烏丸は考えた。それ自体は間違っていなかったのだろうが、重盛の思考はそこで止まらなかった。

しばらく考え込むようにしていた重盛は、狗尾草を一本抜き取るや、その足で小松殿へ帰り、それから米作りにくわしい者を連れてくるようにと家臣に命じた。

当時はまだ、弓矢取る身でありながら、自らの土地で農業を営む者が大勢おり、平家一門も同様だった。そうした侍の中から重盛の意に適った者がやって来た。

「これが分かるか」

重盛は先ほど引き抜いてきた草を示し、侍に尋ねた。

「これは、狗尾草でございますな」

と、侍はすぐに答えた。

「さよう。これはどこにでも生えており、かつ手間をかけないでも育つ草と見えるが、それで間違いないだろうか」

「はい。稲と違い、放っておいても実がなる草でございます」

「では、これを人が食べることはできるのか」

「はい。決して美味いものではございませんが、食べられないことはありません。これのみではなく、稗や麦などと混ぜて食べれば、かなり食べやすくなるか、と――」

飢饉の時などにはそうして食べることもあるのだと、侍は告げた。その言葉に、重盛は満足そうにうなずいた。

「それでは、この草を刈り取り、食べやすいような穀物と合わせて、厨に献じてはくれまいか」

「それは、かまいませんが、どなたが召し上がるのでございましょう」

「私だ」

重盛の言葉に、侍は驚いた。

「貧しき人の暮らしぶりをお知りになりたいとのお心からでございましょうが、そこまでなさる必要がございましょうか」

「富者であろうが貧者であろうが、飢饉になれば米不足で苦しむのは同じことであろう」

「しかし、どれほどの飢饉でありましょうとも、この国全土で米が一粒も穫れないということはありますまい。この国の内大臣ともあろうお方が米を食べられぬ事態にはならぬと存じますが……」

「何を言うか。この国を支える大臣なればこそ、真っ先に米を断たねばならぬであろう。少しでも米があるのなら、それは飢饉に苦しめられた人々こそが口にするべきだ」

重盛はそう言って譲らなかった。それから数日後、狗尾草の種を脱穀してすりつぶしたものに稗と麦を混ぜた飯が膳に載せられ、重盛のもとへ届けられた。

重盛はそれを何度も何度も噛み締めてから、ゆっくり飲み込んだ。

味については一言も口にしなかったので、重盛がどう感じたのかは小烏丸も分からない。ただ、それから後、重盛は家臣たちに命じて、狗尾草の種を収穫させた。それを保存し、米の代わりに食べ続けた。

そして、病に侵された体が飯を受け付けなくなるまでそれを続け、翌年の秋に亡くなった。

後に「養和の大飢饉」と呼ばれる飢饉が畿内を襲ったのは、重盛の死から二年後のことであった。

四

小烏丸は鼻がむずむずする不快さを覚えて、くしゃみと共に目を覚ました。

どういうことだと周りを見回すと、玉水が狗尾草の花穂を振り回し、一匹の猫がそれを追いかけ回して戯れている。

玉水の振り回す花穂が寝ていた小烏丸の鼻に当たり、穏やかな眠りを覚まされたというわけだ。

「これ、玉水」

小烏丸は不機嫌な声で気狐の名を呼んだ。まだ小烏神社へ来て日も浅い身でありながら、古くからいる先達への敬意を払わぬとは何たることか。天真爛漫なのはよいとしても、礼儀を知らぬ振る舞いを放っておくわけにはいかない。

「あ、小烏丸さん。やっと目が覚めたんですね」

玉水の声にも表情にも、悪いことをしたという自覚はまったくなかった。癇に障った小烏丸はここぞとばかり叱りつけようとしたのだが、その時、猫がつと寄ってきて、そちらに目を奪われた。

「んん？　この猫は何者だ」

玉水を叱るのも忘れて、小烏丸は問う。毛並みの色に見覚えがないわけではないが……。

「何おっしゃってるんですか、小烏丸さん。おいちちゃんですよ」

玉水が笑いながら答えた。

「小烏丸さん、おはようございます」

猫が挨拶する。その声を聞き、確かにおいちに違いないと、小烏丸も確信したが、思わず瞬きして見直してしまった。

「おぬし、まことにおいちか。ついこの間まで、子猫だったではないか」

今、玉水の横にいるのは、成猫ほどの大きさの猫である。

「はい。あの芝の曹龍寺で火車を斬った後、刀の中で眠っていたんですが、その後、出てきてみたらこの大きさになっていました」

曹龍寺での戦いが終わった後、すでに三日が過ぎている。そして、その間、おいちはずっと南泉一文字の刀の中にいた。竜晴が呼びかけても、付喪神たちが呼びかけても何の応答もなかった。

かなりの力を使ったので、しばらくの休息が必要なのだろうと竜晴は言っていたが……。

そのおいちは今朝方、ようやく付喪神である猫の姿を得て、刀から飛び出してきたという。

「もともとふつうの猫ではないので、成長の仕方も猫と同じではないと、宮司さまがおっしゃっていました」

「いや、まあ、ふつうの猫ではないのだろうが……」

そう応じた小烏丸の脳裡に、なぜかふと白い猫の姿が浮かんだ。

「そうだ。あの白猫はどうした？」

小烏丸は慌てて尋ねた。

「白猫って何のことですか？」

玉水が不思議そうに問う。

「白い猫なんて、私は見たことがありませんけど、小烏丸さんはどこかで見たんですか」

「あ、いや。どこで見たのだったか」

小烏丸は首をひねる。自分でもよく思い出せなかった。

「大方、夢でも見て、寝ぼけているのであろう」

いつの間にやら、白蛇が進み出てきて、いつものように憎らしい口を利いた。

「夢は見たかもしれないが、寝ぼけてなどおらぬ」

小烏丸は堂々と言い返した。その時、ふと玉水が手にしている狗尾草が目についた。

「そういえば、その草もついさっきまで見ていたような……。いや、それを食べている人のことを夢に見たのであったか」

小烏丸が呟くと、おいちが前脚で顔をこすりながら、

「いちも話に聞いたことがあります」

と、言い出した。

「平岩というお侍に取り憑いた和尚さんが、話してくれたんです。ええと、いちのことを、お寅っていう猫と勘違いしてしゃべってくれたんですけど」

おいちは大輔と一緒に浅草の廃寺に連れていかれた際、その話を聞いたのだという。

――飢饉の時にはなあ、お寅。今、お前が遊んでいるこの草の種をすりつぶして食べたもんじゃ。わしも食ったことがある。今は飢饉ではないが、わしの寺は村人から法事も任されず、貧しくなってしまったでなあ。お前と二人、この草を食らうしかないかもしれんなあ。

そんなふうに言っていたそうだが、おそらく生前の浄空和尚がお寅という猫に語

りかけていたのをそのまま口にしていたのだろう。あの浅草の廃寺をかつての自分の寺と思い込み、おいちをお寅と思い込んで。

「狗尾草を食用としていたのは、その和尚だけではないぞ」

　その時、抜丸が口を挟んできた。

「お前の前のご主人である平重盛さまは、お亡くなりになる直前、白米を断っておられたんだが、代わりに稗や麦、それに狗尾草の種も混ぜて食べておられたという」

「なぜ、そんなことをしたのだろう」

　夢の中身を覚えていない小烏丸は抜丸に問うた。

「それは、飢饉の際の人々の苦労を自ら知ろうとしてのことだろう。もっとも、重盛さまが亡くなってすぐ、都は大飢饉に見舞われたので、重盛さまはもしやそのことをご存じで、お一人だけでもそれに備えようというお心だったのではないか、などと言われたものだ。無論、都全体の米不足からすれば微々たるものだが、重盛さまのお邸には米が大量に備蓄されていて、平家のお侍はそれでずいぶん助けられたはずだからな」

「そうだったのか。やはり、我が主は実に聡明なお方であったということだな」

小烏丸は得意な気分になって言った。

「聡明なだけでなく、心の優しい方でもあったのだろう」

抜丸がいつになくしみじみした物言いで言う。

「まったく、立派な主を持ちながら、お前がその薫陶を受けなかったことが実に嘆かわしい」

続けた余計な一言が、「何だと」と小烏丸の憤りを招いたのはいつものことだが、

「小烏丸さん、素晴らしいご主人のもとで大事にされてたんですね」

と、おいちが言った。

小烏丸と抜丸は黙り込み、玉水は手にしていた猫戯らしを振るのをやめた。

「なあ、おいち」

小烏丸がややあってからおもむろに口を開く。

「我は記憶を持たぬとはいえ、かつて素晴らしい主の持ち物であったと聞けば、素直に嬉しい。しかし、そうだったとしても、それは我々付喪神が生きる長い間の、ほんのひと時のことだ。我らの命に引き換え、人の命はあまりに短いからな」

「……小烏丸さん」

　おいちが小烏丸をじっと見つめた。

「おぬしが今の持ち主のことをどう感じているのかは知らぬ。あるいは、おぬしの記憶の中には、心を寄せたくなるような持ち主がいたのかもしれん。特に、おぬしは豊臣家から徳川家へ移された刀だと聞いた。もしおぬしが豊臣に心を寄せていたのなら、今の主のことは好きになれんのかもしれぬ」

「…………」

「それでも時は移るし、おぬしの持ち主も変わっていく。その時の流れの中で、おぬしはまた新たな主人にめぐり会うだろう。我が竜晴に出会ったようにな」

「はい」

　おいちは素直な声で言った。

「ここの宮司さまを主と呼ぶことのできるお二方をうらやましいと思う気持ちは本当です。でも、いちは今のご主人を嫌っているわけじゃありません」

「そうか。なら、いいのだ」

「ちゃんと帰ります。もう皆さんを困らせるようなことは言いません」

「……そうか」

　小鳥丸は寂しさの滲む声で答えた。

　抜丸と玉水も寂しげな表情を浮かべたが、引き止める言葉は吐かなかった。


　その日の朝、いつもの通りにやって来た泰山は、おいちの姿を見て、満面の笑みを浮かべた。

「お、やっと元気になったか。和尚さんの霊につかまった後、ずっと会えなくて心配してたんだぞ」

　おいちの様子を診せてほしいと言う泰山には、竜晴も閉口した。猫の姿でいるのなら診てもらうこともできるが、刀の中から出てこないのだから、そういうわけにもいかない。

「怪我はないので診てもらうには及ばぬ。しかし、あの一件の後、どうも人を怖がっているようなので、しばらく待ってほしい」

　と、言って時を稼いでいたのだ。

「しかし、お前はおいちだよなあ。それは分かるんだが、やや大きすぎやしないか」

「例の和尚につかまっていた時は、弱っていたからな。余計に小さく見えたんだろう。それと、あのように怪異に触れる体験を乗り越えたものは、人であれ獣であれ、ふつうと違った成長を見せることがある。おいちの場合もそれなのだろう」

竜晴がそう説明すると、泰山は素直に納得したようであった。

「私のところによく来ていた野良猫たちがいたんだが、数日前から一匹残らず見当たらなくなってしまってな。猫の天敵でも現れたのかと思うくらい、急のことだった。ところで、猫の天敵とは何なのだろう。私には思い当たらないのだが、お前には分かるか」

寂しそうに尋ねる泰山に、竜晴は「はて。猫の天敵とは私も聞いたことがないな」とごまかした。

十二匹の猫の顚末(てんまつ)について、泰山に知らせるのは忍びない。泰山には、どこかで生きていると思っていてもらうのが子丸たちにとっても仕合せだろうとおいちも言うので、竜晴も黙っておくことにした。

おいちはみゃあと鳴きながら、泰山の足もとに寄っていく。

「お前だけでも残ってくれて嬉しいよ」

泰山はおいちの頭を撫ぜながら、やはり寂しそうに言う。

「お前がかわいがっていた猫たちは、きっとお前に感謝してどこかへ旅立っていったんだ。かわいい子には旅をさせよの心持ちで、送り出してやるのがよいだろう」

「そうだな。これが子を送り出す親の心というやつなのか」

竜晴の言葉に納得した様子でうなずくと、泰山はもう一度おいちの頭を撫ぜ、往診のため出かけていった。

それから二刻ほども過ぎた昼の頃、小烏神社には新たな客人が訪れた。尾張徳川家に仕える侍、平岩弥五助である。

「賀茂殿には大変なご迷惑をおかけいたしました。立花泰山先生より事情をお聞きし、取りあえずお詫びにと参上いたしました」

平岩は竜晴の前に頭を下げて謝罪した。

「お気がつかれたのは浅草の廃寺ですか」

竜晴が尋ねると、平岩はきまり悪そうに「はあ」と答えた。

「立花先生が介抱してくださいまして。気がついてから大体のことを伺いました。

それがしはほとんど何も覚えていなかったのですが」

「立花先生からはどのようにお聞きしたのでしょう」

「その、妄執を残した死霊に取り憑かれたとかで、賀茂殿のお宅の猫を勝手に盗み出したと聞きましたが」

その時のことはまったく覚えていないし、猫の姿も思い出せないのだと、平岩は言った。

「そうですか」

竜晴は答え、「玉水、おいちを頼む」と部屋の外へ声をかけた。それを受け、玉水がおいちを客人の前へと連れていった。

「にゃあ」

「はあ。この猫をそれがしが連れ出したのでございますか」

平岩はおいちをまじまじと見つめ、首をかしげた。

「どうかいたしましたか」

「いや、何か思い出すかと考えたのですが、どれだけ見ても思い出せませぬ。しかしながら……」

もう一度、今度はさらに深く首をかしげる。

「知らぬ猫だと思いますのに、なぜかこう、懐かしいという気がしてならないのでございます。賀茂殿」

そこで、平岩は真剣な眼差しを竜晴に戻して告げた。

「まさか、それがしにはまだ何とかいう和尚の妄執が残っているのでございましょうや」

竜晴は改めて平岩を見つめた。

「いいえ、お祓いは確かにいたしましたので、そのようなことはございません」

「では、なぜ懐かしいという気がするのでございましょう」

それは、おいちが平岩のよく知る南泉一文字の付喪神だからなのだが、そのことを口にするわけにはいかない。

「ところで、平岩殿は猫を飼われたことは？」

「ございませぬ」

「猫は好きですか」

「それはまあ、かわいげのある生き物だとは思いますが」

「ふむふむ。ちなみに、高野山(こうやさん)は女人禁制(にょにんきんせい)ですが、猫も入山を禁じられているのはご存じでしたかな」

唐突な竜晴の問いかけに、平岩は目を丸くした。

「高野山？　いえ、女人禁制はともかく、猫の立ち入り禁止は存じませんが、何ゆえでしょうか」

「そのかわいらしさゆえに、僧侶たちの修行の邪魔になるからだそうですよ」

「ははあ。そういえば、それがしに取り憑いた死霊も、猫に妄執を残した和尚ということでしたなあ」

しみじみとした口調になって、平岩は言った。

「まあ、猫がお嫌いでないなら、懐かしいというよりむしろ、愛しいという心持ちを抱かれたのだと思います。いかがです。このおいちという猫を愛しいとお思いになりますか」

「そうですなあ。確かに愛らしい猫だと思います」

おいちは平岩にすり寄ると、その膝に身をすり寄せ、にゃあと鳴いた。

「おお」

と、平岩は相好を崩した。

「ちなみに、平岩殿はどちらにお住まいでいらっしゃるのですか」

「それがしは尾張家江戸屋敷の長屋住まいですが」

「そちらで猫を飼うことはできますか」

再び唐突な問いを投げかけられ、平岩は驚きの表情を浮かべた。しかし、さほど間を置くことなく、

「禁じられてはおりません」

と、すぐに答えた。

「でしたら、このおいちを飼うことはおできになりますか」

「できぬことはありませんが……。しかし、賀茂殿はこの猫を手放してしまわれるのですか」

「元は人からの預かりものだったのですが、譲ってもよいと言われたのです。どうしたものかと迷っていたのですが、平岩殿の今のお話を聞き、もし平岩殿に飼っていただけたら、皆が仕合せになると思えてきたのですよ。何より、平岩殿とおいちには縁がある。あの成仏した和尚さんとて、きっと喜ぶことでしょう」

「なるほど。それがしは死霊に憑かれたと聞き、よい気はしませんでしたが、これも縁。この猫をかわいがってやることが、その供養になると思えば、そうしてやりたいと思います」

平岩がそう言って目を向けると、おいちはその膝の上に自ら乗った。

「まるでおいちは言葉が分かるようですなあ」

平岩が目じりを下げて、おいちの頭を撫ぜ始める。

「まあ、非常に賢い猫であることは間違いありません」

とだけ、竜晴は言った。

「この玉水はずっとおいちの面倒を見てきましたので、おいちがいなくなれば寂しがるでしょう。平岩殿が時折、こちらへおいちを遊びに来させてくれると、この玉水も喜ぶと思います」

「もちろん、差し支えなければそうさせていただきましょう」

と、平岩は請け合った。

こうして、おいちは南泉一文字が尾張家へ返されるのとほぼ同時に、尾張家家臣平岩弥五助にもらわれていくことになった。

改めてもらい受けに来ると言い置き、平岩が帰っていくと、

「よかったな、おいち」

と、小烏丸が庭の梢(こずえ)から声をかけた。

「はい。いちはあのお侍さんが好きです」

おいちはにゃあと鳴き返す。

「あのお侍さんではない。これからは、我が主と言わねばならぬぞ」

小烏丸は偉そうに言うと、秋の青空に向かって高らかにカアと鳴いた。

【引用和歌】

ゑのこ草おのがころころほに出でて　秋おく露のたまやどるらん（藤原為家『夫木和歌集』）

【参考文献】

瀬川拓男・松谷みよ子編『日本の民話1　信濃の民話』（未來社）

この作品は書き下ろしです。

シリーズ第二弾。書き下ろし

梅雨葵

小鳥神社奇譚

篠 綾子

梅雨葵に隠された想いは、
女の恋心か、それとも野心か。

鳥居の下に蝶の死骸が置かれ、
誰の仕業か見張ることにした竜晴と泰山。
そこに現れたのは、
葵の花を手にした美しい娘だった。

幻冬舎時代小説文庫

シリーズ第三弾。書き下ろし

蛇含草

小烏神社奇譚

篠 綾子

若き宮司と本草学者は、「悪意」という名の毒を浄化できるのか――。

腹痛を訴える男を連れ、泰山が小烏神社を訪れる。そっけない態度をとる竜晴だったが、ある時、男がいなくなり……。

幻冬舎時代小説文庫

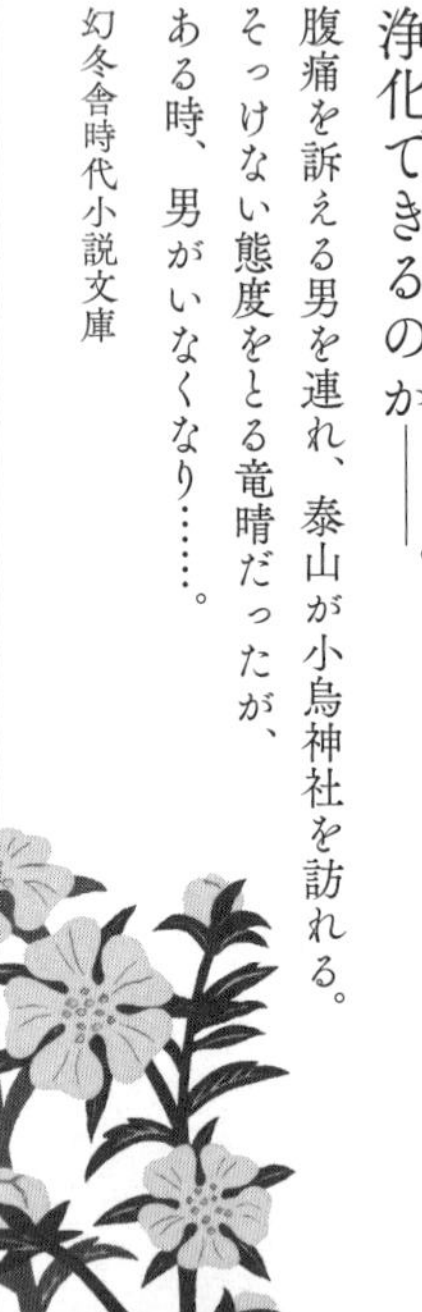

シリーズ第四弾。書き下ろし

狐の眉刷毛（まゆはけ）

篠 綾子

小鳥神社奇譚

お気をつけなされ。
美しい花には、
棘がつきもの。
氏子である花枝の元に、
大奥入りしたかつての親友から文が届く。
大奥を訪ねた花枝は、
思いもよらぬ申し出を受けるが……。

幻冬舎時代小説文庫

猫戯（ねこじゃ）らし

小烏神社奇譚（こがらすじんじゃきたん）

篠綾子（しのあやこ）

令和4年6月10日　初版発行

発行人――石原正康
編集人――高部真人
発行所――株式会社幻冬舎
〒151-0051東京都渋谷区千駄ヶ谷4-9-7
電話　03(5411)6222(営業)
　　　03(5411)6211(編集)
公式HP　https://www.gentosha.co.jp/

印刷・製本―図書印刷株式会社
装丁者――高橋雅之

ISBN978-4-344-43201-7　C0193　し-45-5

この本に関するご意見・ご感想は、下記アンケートフォームからお寄せください。
https://www.gentosha.co.jp/e/